밥 잘 사주는 남자

"밥 잘 사주는 사람들. 그들은 사람 냄새 물씬 풍기는 아름다운 사람들이다.
음식을 통해 소통하고 인정 나누는 일이 취미이고 특기인데 어찌 즐겁지 않겠는가.
행복이 무엇인지, 삶을 어떻게 가꾸어야 할지, 그들에게서 배운다."

김혜숙 수필집

초판 발행 2016년 10월 22일
지은이 김혜숙
펴낸이 안창현 **펴낸곳** 코드미디어
북 디자인 Micky Ahn **교정 교열** 백이랑
본문 삽화 박찬홍

등록 2001년 3월 7일
등록번호 제 25100-2001-5호
주소 서울시 은평구 갈현로 318-1 1층
전화 02-6326-1402 **팩스** 02-388-1302
전자우편 codmedia@codmedia.com

ISBN 979-11-86104-44-6 03810

정가 13,000원

밥 잘 사주는 남자

김혜숙 수필집

여는 글

여름의 끝자락입니다. 올해는 기록적인 무더위에 모두들 시원한 바람을 보내달라고 아우성을 쳤습니다. 하지만 오늘은 어제와 달리 가을이 찾아온 듯 삽상한 바람이 불어옵니다. 이제 머지않아 농부의 굵은 땀방울과 불볕더위를 먹고 자란 알찬 곡식과 과일이 주렁주렁 열매 맺겠지요.

그동안 다섯 권의 작품집과 부모님 기념집과 추모집 두 권을 엮었습니다. 이번 수필집 『밥 잘 사주는 남자』도 그 경험을 토대로 숭늉처럼 구수하고 감칠맛 나는 작품이 되기를 기대했습니다. 오감을 체험하는 안테나를 바짝 세우고, 부지런히 세상 속과 마음속을 이리저리 젓고 다녔습니다. 혼신을 다했으니 맛있는 것이 빚어졌을까요 농부의 부지런한 발걸음으로 곡식이 풍성해지듯 말이죠. 각박하고 혼돈스러운 세상에 영혼의 자양분으로 스며드는 책이기를 바라면서.

그런데, 모든 게 과욕이었습니다. 역량도 부족했습니다. 어지없이 난산의 고통을 겪고 말았죠. 불볕더위가 핑계가 될까요. 세상 밖으로 얼굴을 내민 수필집 『밥 잘 사주는 남자』는 바람과 달리 고슴도치가 되고 말았습니다. 어찌합니까. 나는 아기 고슴도치의 어미입니다. 용기를 내어 나의 분신들을 선보이는 이 부끄러움을 다독여 주실 거죠 격려와 가르침으로 응원해 주시기를 부탁드립니다.

온몸을 불볕으로 태운 올여름이 지나면 이제 가을이 찾아오겠지요 나는 아픔에 목이 메일 때, 가슴이 답답해질 때는 글쓰기로 아픔을 덜어냅니다. 삶의 무게가 조금은 가벼워져 견딜 만하게 됩니다. 서서히 정서적 안정을 유지하는 방법을 단단하게 수련하는 중입니다. 수필은 위로제였으며 보약이었습니다. 사유도 한층 깊어지는 느낌이었지요.

문학활동을 통해서 다정하고 속 깊은 문우들을 만날 수 있었지요. 그들과 온기 나누며

문화 예술을 경험하고 대화를 나누는 일은 내 삶의 양분이었습니다. 나의 감성이 아름다움에 젖어들고 조금씩 순화되어가는 느낌은 삶의 향기로 전해졌습니다.

　내게 수필 쓰기를 권유한 김지상 선생님 덕분에 누리는 호사이며 행복입니다. 수필집 『밥 잘 사주는 남자』가 세상에 태어날 수 있게 해 준 산파이지요. 큰절 올리며 고마움 전합니다. 늘 지원하며 내 앞길을 열어주셨던 부모님, 인정 많고 사려 깊은 송석 가족, 좋은 인연 맺었던 교육, 문학, 신앙의 친구들, 내가 존경하고 사랑하는 은사님과 육십년 지기 내 동무. 이 모든 이들이 제게 햇살과 바람, 단비와 이슬, 별빛과 달빛이었지요. 저를 향한 과분한 사랑을 잊지 않겠습니다. 귀한 만남의 축복이 오래오래 이어지길 갈망합니다. 시원찮은 글에 날개를 달아 준 지연희 이사장님께 감사를 표합니다. 애정을 쏟아 『밥 잘 사주는 남자』를 곱게 빚어 준 코드미디어 가족의 노고도 잊지 않겠습니다. 마음 써준 아들 찬홍에게도 고마움 전합니다.

　폭염도 모두 지나가고 시원한 바람이 살맛 나게 해줍니다. 가을이 오면 내게 사랑과 용기로 힘을 복돋아 준 여러분과 함께 한 끼 밥을 나누고자 합니다. '밥'은 생명을 잇고 서로 손잡고 어깨동무해주는 생명체입니다. 이 책에서 '밥'을 옴니버스 형식으로 꾸미려다가 독립해서 세 편으로 구성했어요. 재미나게 읽혔으면 좋겠습니다. 내내 건강하시고 행복 가득 품으세요

2016년 여름의 끝자락에

물빛마을에서 **송원 김혜숙** 합장

Contents

1부

시가 내걸린 세상

✿

2부

사랑과 생명의 노래를 소록도 하늘에

✿

Contents

3부

숲에 들다

❀

4부

아버지의 서첩

Contents

어느 날 뜻밖에 찾아온 수필가라는 삶이
문득 고맙다. 이제 글쓰기가 삶의 중심이 되
었다. 욕심내지 않고 뭉근하게 쓸 수 있기를.

부스스 문을 열고 나오는 기억, 살짝 고개를 드는 빛
바랜 기억, 오랜 세월 동안 풍화되고 파편화된 기억.
기억은 망각의 늪에서 빠져나온 생존자이다.

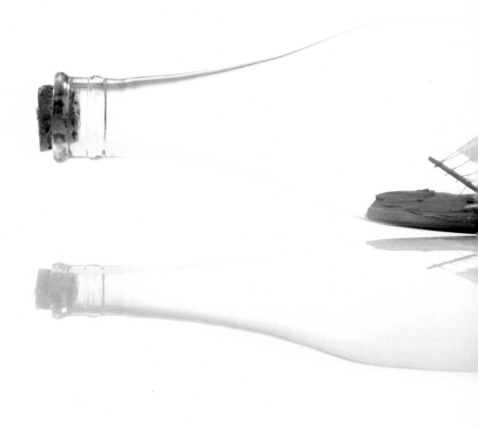

문학은 삶의 긍정이었다. 내
울타리를 뛰어넘어 더 넓은 세
계를 보게 하는 안내자였다.
익숙한 생각을 깨고 새로 태어
나는 사유를 바라볼 때면 더없
이 뿌듯하다.

1부

시가 내걸린 세상

그림 구경 하실래요

'봄'은 '보다'에서 유래했다던가요. 꽃들의 세상. 볼 것 많은 사월입니다. 사월에는 문화 세상을, 꽃들과 함께 만나 볼까요. 외국여행 길에서, 국내 문화 유적지나 지방자치단체의 축제장에서 어디서나 마음만 먹으면 나를 기다리는 곳은 도처에 넘쳐납니다. 나를 살포시 감싸 안은 봄 햇살 받으며 마음속에도 희망의 봄을 가득 안고 출발해 봅시다.

삼월 초하룻날, 나는 움츠러든 어깨를 곧추세우고 예술의전당 한가람미술관에 갔지요. '피카소에서 프란시스 베이컨까지'란 제목을 달고 20세기 서양 미술 거장 20인의 작품이 전시되어 있었습니다. 피카소, 샤갈, 앤디 워홀, 칸딘스키, 뒤샹의 이름은 익숙했으나 로트렉, 다인, 쿠닝, 라우센버그 등은 생소한 화가였답니다. 미리 관련 서적도 읽고 인터넷도 살펴보고 이해를 도우려 했으나 준비가 많이 모자랐어요. 하지만 그건 중요하지 않았지요. 예술가와의 만남이 설레었고, 그림을 통한 사색과 소통도 좋았고, 관람 후 정서적 풍요로움은 선물이었습니다.

피카소 그림에 다가가 〈여인의 흉상〉과 〈안락의자에 앉은 여인〉을 세심하게 들여다보았어요. 난해하여 감성과 직관에 의지해 읽어보았어요. 형태를 파괴한 후 통합해서 재구성하다 보니 익숙하게 보았던 모습이 아니었고 변형된 인물로 재창조되었더군요. 정확하게 표현 의도는 알 수 없었지만 나름 즐거웠습니다. 미술작품 감상은 결국 폭넓은 인문학적 소양이 요구됨을 절 감했지요. 새로운 시각으로 사물을 바라보는 안목이 키워지길 바랐습니다.

베이컨의 그림은 오랫동안 나를 붙들고 놓아주질 않더군요. 왜곡된 인체, 뼈 없이 살로만 이뤄진 발가벗은 몸, 처참하게 짓이겨진 형체…. 가히 상상을 초월한 괴기스러운 모습이었어요. 작품 〈벨라스케스의 교황 이노센트 10세를 위한 연구〉는 폭력의 희생자로 교황을 묘사했습니다. 붓질이 두터웠고 크게 벌린 고통스러운 입에선 날카로운 비명이 들려오는 듯했어요. 심리적인 고통을 그렇게 소름 끼치게 표현할 수 있다니요. 베이컨이 살았던 시대의 비명. 유대인 수용소와 학살을 고발하려 했음일까요. 위안부 피해자였던 강일출 할머니의 〈태워지는 소녀들〉이 떠올랐습니다. 실제로 영화 〈귀향〉의 모티브가 됐던 작품이지요. 강 할머니는 참담한 운명을, 그림을 통해서 표현했고 과거와 화해하며 통한에서 벗어나려는 시도를 하지 않을 수 없었겠지요. 그 그림 속 인물에게 '얼마나 힘들었나요' 위로하고 다독였습니다. 내 슬픔도 비워지고 순화되는 느낌에 오히려 충만해졌습니다.

로트렉의 〈카페-콘서트〉 시리즈 7점. 가수, 무희, 관객의 모습이 배열됐고 무채색으로 처리되었어요. 화려하지 않으나 진실함이 보였고 생동감 넘치는 동작이 무척 흥미로웠습니다. 예술가는 미술, 음악, 무용, 문학 등 그의 작품을 통해 내면을 드러내지요. 그의 말에 귀를 기울였습니다. 로트렉은 이 시리즈에서 무슨 말을 전하고 싶었을까요. 자유롭고 신나게 춤추고 노래하며 거침없이 행동하는 관객을 표현하고 싶었겠지요. 장애를 지닌 화가였기에. 나 역시 왼쪽 다리의 근섬유가 끊어져서 옴짝달싹하지 못하고 몇 달을 지냈던 시절이 있었지요. 혼자서 머리를 감을 수도, 이동할 수도 없었던 상황에서 오직 글쓰기밖에 다른 일은 하기 어려웠어요. 고통 너머에서 새로운 세상이 찾아왔죠. 내가 품고 있는 문학의 세계로 한 발짝 더 가까이 갈 수 있는 은혜의 시간이었습니다.

샤갈의 작품은 한눈에 알아볼 수 있었지요. 천진스러워 우화를 보는 듯했어요. 공중을 함께 날아다니는 연인들, 역시 날아다니는 물고기, 아기를 포근하게 안고 있는 엄마, 나무, 꽃다발, 염소, 말, 수탉, 에펠탑, 서커스와 관련된 그림들. 내 마음 밑바닥에 살고 있는 작은 소녀가 튀어나와서 함께 구경했어요. 보는 내내 마음이 따뜻했답니다. 그때 그림 속의 인물들이 내게 말을 걸어왔죠. 넌 지금 행복하냐고. 샤갈의 작품을 찬찬히 들여다보며 그가 하고 싶은 말을 듣게 됐고, 나는 정말 소중한 것이 무엇인지 생각했죠. 그때 나는 하늘을 나는 물고기가 되어 그림 속을 맘껏 유영했습니다. 동화 속의 주인공이 되어.

상식과 통념을 거부하고 미술의 가능성을 재창조한 20세기 서양미술의 걸출한 화가들 덕분에 알찬 하루를 보냈습니다. 삶을 어떻게 살아내며 나의 문학을 어떻게 이끌어야 할지 사유의 폭을 넓혀준 날이기도 했고요.

미술뿐만 아니라 음악, 연극, 영화, 사진, 무용 등 문화 예술세계가 모두 빛이고, 별이라는 생각이 듭니다. 생명으로 태어날 수 있도록 시간을 내어 주어야겠네요. 안목을 키우고, 인생이 풍요로워질 수 있는 그곳으로 발걸음을 자주 옮기렵니다. 바로 지금 봄꽃 지기 전에 꽃의 여신 플로라와 함께.

음악은 힘이 세다

✿

　　강화도 동검리 예술극장. 365일 예술 영화만 상영하는 예쁜 이
층집이다. 수천만 평의 갯벌과 갈대가 눈앞에 펼쳐져 있는 낙원이다. 한파경
보도 아랑곳하지 않고 마음 넉넉한 옛 동료들과 함께 그곳에 갔다. 맨 처음
피아노 연주자가 온몸으로 신들린 듯 피아노를 연주했다. 뜨겁고 격정적인
음악. 열정적인 몸동작과 재빠른 손놀림. 그에게서 강렬한 에너지가 뿜어져
나왔다. 뜨거움이 내게 전해졌다. 음악 그 이상의 감동이 밀려와 콧날이 찡
하고 울렸다. 이곳으로 이끌어준 옛 동료가 고마웠다.

　이어서 포스터의 일생과 음악에 대한 영화가 상영됐다. 〈금발의 제니〉, 〈
올드 블랙 죠〉, 〈켄터키 옛집〉, 〈스와니 강〉, 〈오 수재너〉 등 여고 시절에 애
창했던 추억의 노래들이 감미롭게 흘러나왔다. 미국 민요의 아버지였던 포
스터는 37세 젊은 나이에 고단한 삶을 마감했다. 작사까지 겸한 천재 작곡가
였고, 음악으론 명성을 얻었지만 사생활은 평탄치 못했다. 포스터의 안타까
운 죽음 앞에서는 '예술가들은 왜 비현실적인 삶을 살 수밖에 없나'하는 생
각이 떠나지 않았다. 우리는 영화가 끝나고도 '한 송이 들국화 같은 제니…'
등 추억의 노래를 합창했다.

　여고 시절, 노래를 들으려면 SP, IP 레코드판을 가지고 있어야 했다. 다행

히 나는 방송반 학생이었다. 아침 점심으로 방송실을 드나들었다. 〈솔베지의 노래〉, 〈별은 빛나건만〉, 〈트로이멜라이〉, 〈무정한 마음〉, 〈지고이네르바이젠〉을 내보냈고, 포스터의 음악도 빠질 수 없었다. 강화도의 몽환적인 풍광 속에서 듣는 포스터의 가곡이라니. '노래는 추억들을 부르지…' 김동률의 노래 가사처럼, 포스터의 음악은 몇 소절 멜로디만으로 나를 단박에 그 시절로 데려다 놓았다. 과연 음악은 힘이 세지 않은가. 한국전쟁 당시 아수라장 같던 피난열차에서 〈G선상의 아리아〉가 울려 퍼지자 거짓말처럼 장내가 정리되었다는 글을 신문에서 읽었다. 평온하고 안정감 있는 선율이 피난민의 마음을 차분하게 가라앉혔으리라. 음악은 불면증 치료제로, 태아와 임산부를 위해서도 널리 활용된다. 음악은 이렇게 힘을 불어넣고 갈등을 치유하고 소외된 영혼을 위로하고 인간을 자유롭게 한다. 그래서 음악을 주제로 한 영화가 그렇게 많은 것인가.

지난해에 관람했던 〈비긴 어게인〉과 올해 정초에 상영했던 〈오빠생각〉도 음악영화다. 둘 다 음악을 통해 화해하고 상처를 치유하고 희망을 전하는 작품이다. 〈비긴 어게인〉은 왕년의 명 프로듀서인 남자와 연인과 막 헤어진 여자 가수가 주인공이다. 두 사람은 돈이 없어서 뉴욕의 곳곳을 야외무대 삼아 신나게 공연하며 음반을 녹음한다. 남자는 가족과 화해하고 여자는 실연의 아픔을 극복한다. 음악이 그들 삶의 리듬을 묘하게 되돌린다. 〈오빠생각〉도 부모의 원한으로 반목했던 두 소년이 음악을 통해 화해하는 이야기다. 한국전쟁으로 가족을 잃은 한 소위의 지도로 전쟁고아들이 화음을 이뤄내는 과정을 담은 실화다. 〈오빠생각〉, 〈고향의 봄〉, 〈애니로리〉, 〈아 목동아〉 등의 합창은 압도적이었다. 천상에서 울려나오는 목소리가 이렇겠구나 싶었다.

음악은 치매환자나 심신의 고통을 호소하는 환우에게도 널리 쓰이고 있다. 음악은 자율신경을 활성화시켜 통증을 줄여준다. 노래가사를 생각할 때는 뇌의 시각 영역이 활성화된다고도 했다. 음악의 치료효과는 우리 가족도 생생하게 경험했다. 우리 어머니는 생의 마지막 몇 해를 휠체어에 의지했고 의식도 점점 흐려져 갔다. 노래하기를 무척 좋아하는 어머니와 함께 동요, 가곡, 가요, 애국가 등 어머니가 기억할 수 있는 모든 노래를 불렀다. 가사에 알맞은 동작으로 율동도 했다. 체력이 고갈되어 눈을 뜰 수 없는 상태였을 때도 노랫소리가 들리면 겨우 눈을 떴고 조금씩 조금씩 기운을 차리다가 차차 노래와 율동까지 거뜬히 따라서 할 수 있게 됐다. 결국 재롱잔치가 무르익으면 언제 그랬던가 싶게 흥겹게 노래하고 동작도 크게 표현하면서 동심으로 돌아오는 기적을 보였다. 어머니가 그렇게 회복할 수 있을 거라고 아무도 예상하지 못했다. 다만 "빨리 가고 싶다"는 어머니 말씀에 스킨십하면서 찾아냈던 재롱잔치가 뜻밖의 결과를 가져왔다. 어머니에게 음악은 영혼을 따뜻하게 데워주는 치료제였고 보약이었다.

강화도 예술극장을 찾았던 날, 나는 하루의 삶에 감사하며 두 손을 모았다. 하지만 예술영화만을 상영하는 35석짜리 미니극장의 운명이 걱정됐다. 음악과 영화에 미친 그 예술가는 꼭 돈을 벌겠다는 생각이 아닐 거라고, 아름다운 공간을 마련하여 좋아하는 음악과 영화를 벗들과 향유하고 싶은 의도일 거라고, 애써 짐작하며 불편한 마음을 달래야 했다. 그 예술가가 보람과 행복을 맘껏 누렸으면 좋겠다. 나는 무엇으로 세상에 힘을 보탤 수 있을까. 그 극장으로 날 이끈 섭리는 과연 무엇일까. 생각이 깊어진다.

8월엔 떠나자

　여행. 말만 들어도 설렌다. 8월이다. 우선 떠나고 보자. 산, 바다, 섬, 호수들…. 어디건 가릴 것 없다. 체험현장, 문학기행지, 예술공연장, 박물관, 기념관, 미술관, 도서관, 고궁과 왕릉 등 어디든지 좋다. 나는 세상사 복잡하거나 지칠 때 가까운 진관사나 서오릉, 월드컵공원 내 평화공원, 하늘공원, 노을공원을 다녀온다. 활시위 같던 신경줄이 느슨하게 풀리는 걸 보면 삶의 쉼표 노릇을 오붓하게 해낸 셈이다. 조금 더 시간 여유를 얻으면 문화공연예술에 마음이 쏠린다. 삶에 무언가 가득 채워진 느낌도 좋고 마음이 풍요로워지고 햇살 받은 듯 따뜻한 기분이 든다. 하루 나들이, 며칠 동안의 국내여행, 장기간의 외국 나들이. 이들 중에서 건강과 형편에 따라 선택하고 집을 나서기만 하면 된다. 아니면 반나절인들 어떠랴. 달랑 책 한 권 배낭에 넣고 앞산이나 뒷산 혹은 올레길, 둘레길 따라 걷다가 반듯한 바위 만나면 책 꺼내 들고 쉬어간들 누가 탓하랴. 산새, 구름, 꽃과 나무, 산들바람과 얘기도 나누다가 친구와 헤어질 때처럼 안녕하며 손 흔들고 돌아서는 일은 얼마나 천진스러운가. 살아있기에 대할 수 있는 풍경들이다. 한없이 감사와 미소가 피어오르는 순간이다.

　8월 달력에 빨간 동그라미 치며 잘 짜여진 계획표대로 움직여도 좋고 행운유수行雲流水면 어떠랴. 내 경험으론 아무래도 상관없다. 이건 충분히 시험 준비한 학생같이 든든해서 좋고 저건 자유의 날개를 단 듯 여유 있어 더없이 편안하잖은가.

난 다행히 가족, 친구, 옛동료, 문우, 교우 중에 '여행'하면 자다가도 벌떡 일어나 가방 꾸릴 사람들이 있다. 이들과 함께 산천경개 두루 주유할 수 있었으니 여행 복은 그런대로 괜찮은 모양이다. 지금 돌이켜보면 비 오듯 땀 쏟으며 지리산 산행하다가 칠선계곡에서 선녀가 됐던 일. 800고지 피아골 산속에 누워서 영롱한 별빛과 오랜 눈 맞춤하며 밤을 보냈던 그 날. 이날들은 앞으로 두고두고 재생되어질 듯하다. 그때의 정서적 충만감, 마음자리의 꽃봉오리는 언제나 그리움 되어 피어나고 있다.

반면 하루에 10시간 이상 전문 산악인과 함께 한라산 등반을 힘겹게 한 후 발톱 빠졌던 일, 또 어느 무더운 여름 지리산 천왕봉 등정 중 무릎관절에 이상이 생겨 절룩거리며 산을 탔던 일은 지금도 아픔으로 남아있다. 아직도 우리나라 산 중에 미답의 산이 많지만 옛날처럼 오르지 못한다. 여행은 다리 떨릴 때가 아닌 마음이 떨릴 때 하라고 했잖은가. 마음은 항상 떨릴 준비가 돼 있는데 다리가 떨려오지 않길 바랄 뿐이다.

하지만 나는 유소년기와 청년기를 한려수도의 물빛을 보며 성장한 탓인지 바다나 강을 바라보는 일에 마음이 더 끌린다. 찾는 횟수로나 체류시간으로 봐도 산과는 비교할 수 없이 더 많은 시간을 보냈다. 물만 봐도 가슴이 툭 틔며 시원해진다. 바위에 부서지는 파도를 보면 가슴이 벅차오르고 생동감으로 삶의 의욕이 불끈 솟아난다. 고통과 갈등이 찾아올 때는 불광천 따라 한강까지, 조금 더 시간이 나면 인천 연안부두, 하루해가 주어지면 배 타고 인천 앞 섬들을 찾으면 모든 시름 날려버릴 수 있다. 살면서 상처 난 가슴을 달래주는데 바다만 한 것이 있던가. 너른 바다의 품은 치유의 공간이다. 바다 건너 멀리 떨어져 있는 형제자매들이 고국을 찾아올 때면 고향 바다와 다도해, 멀리 떨어진 마라도, 백령도, 울릉도, 홍도, 거문도 등 수많은 섬들을 찾아 나서곤 했다. 동해안 7번 국도 따라 나그넷길 나섰다가 좋은 해수욕장 만나면 군데군데 쉬어가기도 했다. 바닷물에 발 담그고 물싸움하고 모래톱을 달려보는 놀이들은 얼마나 신났는지. 치기 어린 장난으로 동심을 부르며 형제애를 다졌던 시간이었다.

바닷물은 넓은 마음을, 강물과 호수는 변덕 부리지 않는 잔잔한 마음을, 계곡물이나 냇물은 낮은 자세를 내게 주문하며 물처럼 살라고 이르기도 했다. 이처럼 나는 여행길에서 인생을 배우며 삶이 더 알차고 풍요롭고 지혜로워지길 바라고 있다.

「그리스인 조르바」를 쓴 카잔차키스도 삶을 풍부하게 해준 것은 여행과 꿈이라고 했다. 카잔차키스의 문학을 좋아하는 나는, 그가 태어난 크레타를 찾는 일을 버킷리스트에 담고 있다. 그는 크레타를 '한 번 부르면 가슴이 뛰고 두 번 부르면 코끝이 뜨거워지는 이름'이라고 했다. 문학적인 영감도 얻고 물질과 정신 저 너머에서 일어나는 변화도 경험하고 싶다. 카잔차키스처럼. 구원의 오아시스가 그곳에는 있을 듯하다.

하지만 여행은 쉽지 않다. 누구에게나 꿈같은 일이다. 이것저것 따지다 보면 결국은 주저앉게 된다. 우선 여행짐을 꾸려놓고 보자. 인생의 무거운 짐

일랑 훌훌 벗고 잠시 해방되는 기쁨을 맛보자. 가까운 곳이든 먼 곳이든 어디라도 떠나야 하지 않을까. 뜨겁다는 이유 하나면 된다. 8월이지 않은가.

뜨거웠던 송년 음악회

새해가 며칠 남지 않은 한해의 끝자락에 서 있었다. 올해의 내 성적표는 빛나지도 않고 무미건조할지라도 마무리는 반짝거리고 신명 나는 송년잔치를 하고 싶었다. 마침, 송년 음악회가 열린다기에 ○문화예술회관으로 향했다. 사랑하는 가족, 존경하는 선생님과 동행할 수 있어서 발걸음이 가벼웠고 충만한 마음으로 공연이 시작되길 기다렸다. '솔리스트 앙상블'이란 큰 제목 아래 프로그램이 안내되었고 남성합창단원의 프로필이 소개되었다. 출연진의 대부분은 성악전공 대학교수님이었고 TV 열린음악회에 자주 출연하는 전문 연주가들이었다. 한 분 한 분 찾아뵙기도 어려운 분들인데 자그마치 60여 명의 걸출한 성악가들로 이뤄진 합창단이어서 기대와 설렘으로 마음이 부풀어 올랐다. 차인태 교수가 진행을 맡고 국립합창단장이었던 오세종 지휘자가 단원들을 이끌었다.

처음에 성가부터 시작됐다. 〈예수 밖에는〉, 〈주님의 택함이었소〉, 〈you raise me up〉 등이 이어졌다. 앙상블의 웅장함이 청중을 압도하고 대규모의 합창단이 뿜어내는 에너지가 전해져 가슴이 뜨거워지고 성소에서 음악의 세례를 받은 듯했다. 성가를 통해서 위로받고 조용히 전해지는 평화와 사랑, 희망의 메시지를 담으며 충만감에 푹 빠져들었다.

모두가 정상의 성악가들인데 자기를 드러내지 않고 절묘한 화음을 이루어내 천상의 음악을 연주하였다. 지휘자는 대가들의 목소리를 화합시키기 위해서 얼마나 많은 노력과 지도력을 발휘했을까. '솔리스트 앙상블'의 웅장한 코러스였다. 조화, 화합과 협동의 의미가 절절하게 내 앞으로 다가왔다. 오늘의 지휘자처럼 우리 사회의 각 분야의 지도자들이 구성원 모두를 잘 아우르며 조화로운 단체로 잘 이끌어나가길 바랐다.

이어서 찬조 출연으로 하프 연주가 시작됐다. 곡은 익숙하지 않은 곡이지만 하늘에서 울려 퍼지는 소리인 듯했다. 하늘에서 아름다운 새가 날고 미풍에 흔들리는 나뭇잎과 예쁜 꽃들이 눈앞에 어른거렸다. 내 마음은 새털처럼 가벼워지고 자유로워져서 해방되는 느낌이 들었다. 자유롭고 아름다운 세계를 지향하는 음악이었다.

다음에는 외국음악이 합창됐다. 〈브람스 자장가〉, 〈집시들의 춤〉, 〈아무르 강의 물결〉 등 외국 애창곡을 감상했다. 여고 시절, 방송반에서 활동할 때 많이 들려주었던 익숙한 곡들이라 그때를 회상하며 들었다. 그때 나는 〈별은 빛나건만〉, 〈무정한 마음〉, 〈신세계 교향곡〉, 〈비창〉, 〈스와니 강〉, 〈deep liver〉 등을 많이 배달했었다. 점심시간에 급하게 방송실로 내려와서 LP판을 걸면 시간 여유가 생기지만 SP판일 경우는 집중하지 않으면 곡이 다 끝나고도 치격치격 하는 잡음까지 배달해 혼난 적도 있었다. 음악회로 인해서 45년 전 방송반 선생님과 친구들을 떠올리며 행복했던 시절을 낚아 올릴 수 있었다.

이어지는 '추억의 우리노래' 편에서는 〈한계령〉, 〈바다로 가자〉, 〈애수의 소야곡〉, 〈빈대떡 신사〉 등 우리와 친숙한 노래여서 선율과 가사가 전하는 장면을 떠올리며 음악에 푹 빠져들었다. 지휘자는 관객과 일체감을 느끼려고 품위를 잃지 않으면서 코믹한 연기와 지휘로 우리에게 다가왔다. 관객은 그의 신호에 따라서 함께 노래하기도 하고 손뼉도 쳤다. 생동감 넘치고 정감 있는 지휘자의 매력에 동화되어 손바닥이 얼얼해지도록 박수와 환호를 보냈다. 관객 모두의 마음에도 불꽃이 당겨져 문화예술회관이 뜨겁게 달궈졌다. 지휘자와 관중 사이에 소통이 이뤄지고 신바람 나는 음악세상이 되었다.

이렇듯, 음악은 사람의 마음을 움직이는 설득력 탓에 교육활동이나 심리치료, 태교에 이용되고 불면증 치료에도 효과가 있다. 히틀러가 게르만 민족의 우수성을 알리려고 바그너 음악을 이념 선동에 악용한 경우도 있다.

이어서 '우리 가곡'을 선사했다. 〈동심초〉, 〈얼굴〉, 〈성불사의 밤〉 등은 흥겹고 아름다운 선율로 세상을 모두 얻은 듯 행복감에 도취됐다. 오랜 세월 동안 시대를 뛰어넘고, 사회계층을 구분하지 않고 애창되어온 우리 민족의 노래였다. 음악의 향기가 그윽하게 풍겨오고 수묵담채화 같은 선율은 여운이 오래오래 가시지 않았다. 변하지 않는 가치를 지닌 우리 가곡들은 미래의 후손들에게도 사랑을 받으며 애창되리라.

마지막으로 오페라 아리아 중 〈여자의 마음〉, 〈남몰래 흘리는 눈물〉, 〈공주는 잠 못 이루고〉 등 여러 곡이 독창으로 또는 합창으로 이어졌다. 우수에 찬 곡을 들으면 가슴이 뭉클해져 있다가 폭포수 같은 격정적인 음악을 들으면 용솟음치는 생명력과 희열로 가슴이 벅차올랐다. 합창에서 베이스 파트는 어떤 합창단도 흉내 내지 못할 신비함과 경건함까지 느껴져 매력을 더했다. 테너1과 테너2로 나눠진 고음 파트는 압도하는 힘과 열정이 대단했고 바리

톤은 고음의 긴장을 낮추고 편안했으며 호소력이 짙게 배어 나왔다. 특히 내가 좋아하는 〈투란도트〉 오페라 아리아 중 〈공주는 잠 못 이루고〉의 매혹적인 선율은 계속 입가에 맴돌았다.

공연이 모두 끝났어도 객석에선 폭발할 듯한 에너지로 앵콜, 앵콜을 계속 연호했다. 합창단이 화답하면 환호하고 손뼉 치며 청하고 또 청하고, 앵콜곡을 수차례 불러도 떠나갈 듯한 함성이 그치질 않았다. 여섯 번째의 앵콜곡을 끝으로 대단원의 막이 내렸다. 지휘자의 열정과 관객을 위한 배려와 합창단의 열창에 관객 모두는 기립박수로 뜨거운 감동을 전했다.

음악회의 울림은 컸다. 한 줄기 전류가 내 가슴을 관통하는 듯했다. 콧날이 찡하고 울렸으며 피가 뜨거워졌고 신경들이 전율했다. 아름답고 황홀한 음악에 감전되어 우리는 오래도록 자리를 뜨지 못했다. 오늘의 음악회는 울타리가 없었다. 무대와 객석이 함께 호흡하고 공감했다. '솔리스트 앙상블'의 음악은 내 영혼에 밀착되어 날 설득하고 위로하며 감동을 주었다. 완벽한 충만감에 가슴이 쐬해지며 눈시울이 젖어들었다. 진정한 문화의 힘을 느끼며 집으로 돌아오는 길에도 "네순 도르마…" 공주는 잠 못 이루고 선율이 계속 날 따라왔다.

태백산맥 문학관

　　벌교의 새로운 명소가 된 조정래 태백산맥 문학관 탐방에 나
섰다. 서울초등문예창작연구회원 백여 명과 함께 세 대의 버스로 장장 5시
간을 달려 이곳 벌교에 도착했다. 매년 두 차례 여름 방학과 겨울 방학을 이
용하여 문학기행을 떠나는 우리 문학단체는 보통 1박 2일 일정으로 떠난다.
이번엔 벌교 조정래 태백산맥 문학관뿐만 아니라 남쪽섬 소록도, 전국 유일
의 문학관광특구 장흥을 체험하는 빠듯한 여정이다. 서울에서 새벽 일찍 서
둘러 출발하여 낮 12시 전에 벌교에 닿았다.

　　먼저 이곳 별미인 꼬막정식으로 점심을 먹었다. 꼬막을 젓가락으로 까먹
고 꼬막회, 꼬막부침, 꼬막국 모든 반찬이 꼬막시리즈다. 생소해서 잘 못 먹
는 이도 있고 나처럼 신나게 먹는 사람도 꽤 많았다. 처음 대하는 이들도 배
우면서 꼬막을 까먹는 재미에 웃음꽃 만발하고 잘 까질 때는 성공이라고 큰
소리치며 분위기를 띄우고 쫄깃쫄깃한 맛에 대체적으로 만족하는 듯했다.
『태백산맥』의 외서댁을 떠올리게 하는 음식이다. 염상구는 그녀를 겨울 꼬
막 맛처럼 짠득짠득한 여자로 묘사했다. 외설스러운 표현이지만 그런 표현
들이 소설을 맛깔나게 해주기도 했다.

　　식사 후, 하대치의 아내 들몰댁을 닮지 않았나 느껴지는 안내자를 따라 태

백산맥의 배경무대를 돌아봤다. 횡개다리(홍교), 소화다리, 철다리 아래 일
인들의 통통배가 드나들었던 선착장 부근과 안창민과 이지숙이 야학했던
곳, 김범우 집을 멀리서 살펴본 후, 문학관에 당도했다.

건물 외벽에 '문학은 인간의 인간다운 삶을 위하여 인간에게 기여해야 한
다'라는 글귀와 조정래의 싸인이 쓰여 있다. 태백산맥 문학관의 설립 배경
과 작가의 메시지가 함축되어 있는 듯하다. 문학을 섬기며 문학을 통해 인
간다운 세상에 기여하고 싶은 작가의 뜻에 공감하며 건물 오른쪽 옹벽에 자
리 잡은 거대한 벽화를 바라본다. 〈백두대간의 염원〉이라고 명명했다. 백두
산과 지리산, 제주도, 독도 등 전국 각지에서 실어온 3만 8천 7백여 개의 오
방색 돌로 우리 국토를 웅장하게 형상화했다. 벨트 모양으로 꾸민 것은 우리
민족의 허리잇기라고 했다. 소설 태백산맥의 탄생 목적과 작가 조정래의 숨
결이 느껴지는 예술작품이다. 오만 원과 오천 원 지폐를 도안한 이종상 화백
이 작가와 공동기획하고 설치했다.

태백산맥 문학관은 세계적인 건축가 김원의 작품이다. 허리가 잘려나간
조국의 아픔을 드러내고자 제석산 자락을 잘라내고, 통일을 지향하는 뜻으
로 북향이 되게 했다. 2층은 '민족사의 매몰시대'라며 기둥과 벽이 없는, 공
중에 떠 있는 전시실로 꾸며졌다. 또한 단일 문학작품을 위하여 설립된 문학
관으론 국내 최대 규모라 했다.

1층 전시실에 들어서니 원고탑이 먼저 눈에 띈다. 태백산맥 10권 분량의
육필원고 만 육천오백 매가 내 키 정도 높이로 쌓아 올려졌다. 다른 모든 생
각들은 접어버리고 그에게 오직 한 길, 소설『태백산맥』만 존재했던 시기에

써내려간 원고다. 헤아릴 수 없는 불면의 밤이 피워낸 대하소설의 색 바랜 원고가 값진 보물처럼 다가온다. 4년간의 자료조사는 방대했고, 6년간의 집필로 빚어낸 1980년대 최고이자 최대의 문제작이었다. 1만 부 팔기가 어렵다는 출판시장에서 지금까지 200쇄 이상 출간에 900만 부가 판매됐다니, 큰 경사가 아닐 수 없다. 이곳에는 작가의 취재 수첩과 카메라, 작품의 탄생과정과 벌교와 지리산 등의 약도를 세련되고 깔끔하게 잘 배치해 두었다.

전시실 2층에는 작가의 삶과 그의 문학 세계를 펼쳐 놓았다. 『아리랑』, 『한강』 등 작가의 작품과 아들, 며느리 등의 『태백산맥』 필사본 원고가 전시되어 부럽게 바라본다. 아버지의 문학을 사랑하고 부모를 존중하고 따르는 후손들의 마음이 읽혀져 감동이 인다. 나도 현재 성경 필사본을 쓰고 있지만 그 많은 양을 오랫동안 꾸준하게 쓰기가 쉽지 않았으리라. 작가 조정래는 수신제가도 잘하고 작가로도 성공한 삶을 사는 듯해 더욱 돋보인다. 부인 김초혜 시인과의 산책, 손주들과 찍은 사진 등 화목한 가정임을 증명하는 사진들에서도 조정래의 인간적인 면면이 드러나 흥미로웠고 따뜻하게 느껴졌다.

1, 2층 전시실에는 총 623점의 전시물이 채워져 있고 분단문학과 이적성 시비와 논란에 대해서도 할 말이 많아서인지 이곳저곳에 항변하는 내용이 붙어있다. 전시물뿐만 아니라 잡지에서도 본 일이 있다. '소설에서나 현실에서나 가엾고 불쌍하고 억울하게 당하는 힘없고 가난한 사람들의 이야기는 내 가슴에 정면으로 부딪쳐 왔고, 나는 곧바로 그들로 변했으며 통증을 앓아야 했다.'고 들려주었다. 그 길을 가다 보니 이념 공세도 당하고 계급주의자 굴레도 씌워졌다. 혐의없음으로 풀려났지만 사상불온자로 고발당하기도 했

다. 그런 고통은 분단시대를 사는 작가로서 피할 수 없는 것이고 민족이 당하는 고통에 비하면 미약한 것이라며 체념하고 고통을 수용하는 자세를 견지해왔다.

사실 이런 오해들은 얼마나 부질없는 일인가. 실제로 내 이종 오빠도 여순사건에 죄 없이 끌려가 처형 직전에 성경책 덕분에 살아난 예도 있다. 혼란기에 지리산자락에 살고 있었던 지인의 부모도 태백산맥의 하대치 같은 산사나이들이 나타나서 총을 들이대며 밥 달라고 해서 죽지 않으려고 협조했다. 허나 부역했다며 단죄된 그 개죽음도 모두 우리의 시린 역사였다. 소설 태백산맥 속의 60여 명 주인공들은 모두 우리의 자화상이며 그 인물들이 겪게 되는 현실은 바로 지난날 우리들의 이야기가 아닌가.

소설 속의 긴장감은 역사적 진실이었고 현재 우리 한반도의 슬프고 덧없는 현실로 이어져 오고 있다. 진정 이 시대를 살아가고자 하는 우리는 태백산맥을 통해 무엇을 얻고, 어떻게 살아가야 할지 고민하지 않으면 안 된다. 이제 힘 있는 소수가 아닌, 이 시대의 주인공인 우리 모두가 나서서 우리의 아픈 현대사 뒤에 남겨진 민족적 과제인 통일을 이뤄내야 한다. 결코 쉽지 않은 일이지만 한 발자국씩 발걸음을 옮겨야 한다.

3, 4층은 옥외 광장 전망대. 18m의 유리탑은 우리민족의 시련과 고통의 역사를 희망으로 바꾸는 상징탑으로 우리의 힘찬 미래를 얘기해주고 있다.

문학관을 나서면 현부자집과 현부자집 바깥터에 마련해 준 소화의 집이 왼편으로 보인다. 소설 『태백산맥』에는 현부자집이 '좌청룡 우백호를 거느리고 앞에 물길까지 트였으니 이에 더할 명당이 또 어디 있느냐. 두 줄기의 산등성이가 양쪽으로 뻗어내리고 있는 사이에 포근하게 감싸이듯 자리 잡은 그 터는 눈여겨보는 사람으로 하여금 신묘함을 느끼게 했다.'라고 묘사됐다. 그 현부자네 집으로 들어섰다. 제석산자락에 자리 잡아 중도들녘이 훤히 내려다보인다. 소설 속의 현부자는 일제치하에 장사로 거부가 된 사람이었으며 소실도 많고 집 뒤쪽엔 제각도 있었고 부속건물이 많았다. 진입로는 사쿠라꽃이 줄줄이 심어졌다고도 했다. 그래서인지 바깥에서 보면 틀림없는 한옥인데 안채에 양변기, 목욕탕이 설치되어있고 단청은 벚꽃무늬이다. 일본 색채가 남아있어서 소설에서 느끼지 못했던 다른 세세한 부분도 느낄 수 있어서 흥미롭다. 원통 모양으로 된 쇠로 만든 목욕탕은 정하섭과 소화의 애틋한 사랑을 나눴던 장면을 떠올리게 해준다.

대문채 2층에는 누각이 있어서 문학관을 다녀온 우리에게 편한 쉼터를 제공해주고 산들바람도 이곳으로 끌어 들여와 땀을 식혀주는 명당자리임을 느끼게 했다.

현부자집을 나서면 바로 오른쪽에 월녀의 딸 소화의 집이 보인다. 그들은 현부자의 전속무당이었다. 소설에서 그녀의 집은 방 셋에 부엌 하나로 묘사되어 있다. 부엌과 붙은 방이 그녀들의 방이었고, 그 옆방은 신을 모신 신당, 부엌에 꺾여져 붙어 있는 것은 헛간방이라고 했다. 소설의 첫 부분에는 정하섭이 조직의 밀명으로 소화의 집을 은신처로 삼고 잠입하여 들어오던 그날, 신당에서 신령님의 뜻이라는 소화의 말을 들으며 첫날 밤을 보내는 장면이 나온다. 정하섭과 소화는 어린 시절 신분의 차이로 멀리서만 바라봐야 했고 서로 그리움을 간직한 채 살아온 한 많은 세월을 녹이듯 격정의 순간을 보낸다. 두 사람이 먼먼 세월의 굽이를 지나면서도 잊혀지지 않은 그 마음은 정처 없는 한 줄기 바람이었고 방향도 모르고 떠나는 한 덩이 구름이며 밤마다 피 토하며 울다 지쳐 제 피를 되마시며 우는 풀국새의 울음이었다고 했다. 소설 속 장면을 떠올리며 작품 배경이 된 무대를 산책하게 되니 주인공들이 살아 움직이는 듯하다.

태백산맥 문학관 아니 문학공원을 나서며 '오랜 세월 동안 야심 차게 준비해왔구나' 하는 생각을 하게 된다. 2008년 11월에 개관했으니 일 년도 채 되지 않았는데도 전시내용이 정말 알차다. 조정래 태백산맥 문학관은 건축물이나 옹벽뿐만 아니라 전시물에도 이야깃거리가 풍성하다. 첫째 마당부터 여섯째 마당까지 관람자와 호흡을 맞추려고 노력했으며 전시장이 볼품 있게 꾸며졌다. 관람 동선이나 조명, 전시장의 분위기도 아늑하게 만들어져 전시품을 해석하기가 어렵지 않았고 작가의 정신이 투영되었고 그의 땀 냄새를 맡을 수 있다. 다만 글씨가 적어서 돋보기를 꺼내야 했던 부분은 어렵지 않게 해결할 수 있으리라고 본다. 하나 더 말하고 싶은 것은 장흥의 해산토굴에서 한승원 작가를 이웃집 아저씨처럼 뵐 수 있었는데 조정래 작가는 만나기가 쉽지 않다. 특강 형태로 지정일을 정하면 되지 않나, 욕심인가.

조정래 태백산맥 문학관은 작가의 정신을 엿볼 수 있는 문화공간이자 민족사를 해부하며 우리 민족의 숨결을 느낄 수 있는 교육현장이다. 문학관을 돌아보며 나는 조정래의 문학은 우리 문학의 자부심이라고 말하고 싶어진다. 그는 대하소설『태백산맥』에 이어『아리랑』을 토해냈으며『한강』으로 도도히 흐르는 우리의 현대사를 한줄기 물길처럼 그려냈다. 이 대하소설 3부

작은 민족적 잠재력과 통일의 염원을 일관되게 담아내고 있어서 내가, 우리 모두가 역사의 중심에 서 있음을 자각한다.

이 대하소설은 모두 32권의 책으로 엮어졌고, 5만 3천여 장의 원고지에 씌어졌다. 이 모두를 쌓아 올리면 5m 50cm의 높이가 된다. 작가가 마흔에서 예순까지 20년 세월을 글감옥에 갇혀 새겨 쓴 집념의 소설이다. 그에게 다함 없는 사랑과 존경을 담아 한 아름의 무궁화를 바치고 싶다.

건물 외벽의 글귀와 그의 싸인이 또다시 나를 이끈다. '문학은 인간의 인간다운 삶을 위하여 인간에게 기여해야 한다' 를 바라보며 참된 문학이 가야 할 길을 가슴에 품는다. 나지막하고 깊은 울림이다. 작가처럼 사람을 아끼고 존중하며 세상에 아부하지 않는 당당한 사람들이 정말 좋다. 나는 서러운 역사의 땅에서 힘들게 자존을 지켰던 문학인들을 존경하며 큰절 올린다.

삽상한 바람이 불어와 내 마음을 시원하게 어루만진다. 새로운 활력이 솟는다.

시가 내걸린 세상

> 지금 네 곁에 있는 사람, 네가 자주 가는 곳, 네가 읽는 책들이 너를
> 말해 준다.

며칠 전, 광화문 부근에서 ㅂ문학 모임이 있었다. 그곳을 지나갈 때 이 글 귀가 ㄱ문고 외벽에 걸려 있었다. 공감하며 나를 되돌아보는 계기가 되었다. 결혼 전 부모와 지냈던 스물다섯 해와 사십 년을 바라보는 결혼생활 동안 삼 형제 기르며 교직에 몸담아 온 세월, 문학단체에 참여하여 책 읽으며 글 쓰기 했던 20년 가까운 시간, 성당 교우와 인연 맺으며 절대자께 나를 맡기 며 기도했던 순간들. 그 삶 속에서 나와 인연 맺었던 이들, 행선지, 읽은 책의 일부가 빼꼼이 고개를 내밀고 날 바라보고 있었다. 몇 마디 쓰여진 이 글자 판이 내 삶을 돌아보게 했고 '나는 누구인가' 골똘히 생각하게 했으며 앞으 로 내 삶을 어떻게 꾸려나가며 잘 마무리해야 할지 인생의 철리를 새삼 깨 닫게 해주는 좋은 글이었다.

나는 광화문 이순신 장군 동상 근처에 오면 습관처럼 ㄱ문고 건물을 바라 본다. 십수 년 전부터 내걸린 글자판에 어떤 글이 쓰여있을지 궁금해서이다. 계절마다 바뀌는 듯한데 늘 감동이 진하게 전해오는 글귀였고, 삶을 더욱 풍요롭게 해주는 내용이었다.

가장 인상적인 글은 작년 9월쯤, 미국발 금융위기로 우리나라는 물론 온 세계가 어려움에 빠져 있을 때 걸린 장석주 시인의 시「대추 한 알」이었다.

대추가 저절로 붉어질 리는 없다/ 저 안에 태풍 몇 개/ 천둥 몇 개/ 벼락 몇 개

삶이 고단해 신음하는 이들에게 희망의 유전자를 심어주는 글귀였고 새로운 도전을 독려하는 헌화요 헌시였다.

요즘엔 지하철 역사에서도 시를 볼 수 있어서 전철을 이용하는 승객에게 읽을거리를 제공하고 있다. 그뿐만 아니라 잘 가꿔진 공원에 내걸린 시화가 얼마나 반가웠던지, 내심 흐뭇했던 적이 있다. 삭막하고 답답한 도시의 숨통을 틔워주며 넉넉하고 고운 심성을 길러주지 않겠는가. 도심의 건물, 지하철, 공원, 등산로 입구, 쉼터 등 시가 찾아들 공간은 수없이 많다.

언젠가 신문에서 재미있는 기사를 본 적이 있다. 국회본회의장에서 모 국회의원이 도종환 시인의「단풍드는 날」을 읊으며 국민을 잘 섬기겠다고 했다는 내용을 담았고 여당 원내대표를 지냈던 국회의원은 이정란 시인의「돌탑」첫 부분을 인용하여 야당의 협조를 구했다는 기사였다. 정쟁을 일삼던 국회에서 난데없이 시낭송을 하며 고품격으로 화해의 몸짓을 보내는 그들의 변화가 놀라웠고 한편으로는 신선하기도 했다.

시에는 리듬이 살아있어서 낭송하는 동안 내 몸이 시와 함께 반응하며 아픔과 서러움, 분노와 갈등, 여유와 희망 등 모든 감정을 품어 안는다. 그리하

여 시는 때로는 종소리로, 생명의 물로, 태산이 되어 넉넉하고 고운 심성으로 나를 어루만진다. 우리에게 아름다운 모국어로 생명의 노래를 부르게 하는 광화문의 그 글판이 나를 행복으로 이끈다. 시가 꿈꾸는 세상이 곳곳에 넓고 크게 퍼져나가길 소원한다. 나태주 시인의 「풀꽃」을 세상 모든 이에게 바친다.

자세히 보아야 / 예쁘다
오래 보아야 / 사랑스럽다
너도 그렇다.

행운당첨

　　사람의 앞날은 알 수 없다. 내가 문학 동네에서 뿌리를 내리게 될 줄이야. 상상이나 할 수 있었겠는가. 사십 대 중반의 나이에 슬그머니 글쓰기의 기회가 찾아오다니.

　서울 공립초등학교의 정기 인사발령이 있었던 어느 해 삼월 초, 운명처럼 나는 ㅇ초등학교에서 ㄱ선생님을 만났다. 같은 학년 선생님으로 첫 인연을 맺었고 그는 부장선생님으로서 매일 대면할 수 있었다. 신입생 지도의 달인이었고 오랜 교직 경험에서 축적된 비기를 모두 전수해 주었다. 생일을 맞은 신입생 꼬마들에게 생일카드를 전했고, 왕자와 공주가 되어 섬세한 보살핌을 받은 어린이들은 그날의 주인공이 되었다. 이처럼 어머니마냥 포근히 품어안으니 아이들에게 학교는 놀이터가 되고 쉼터가 되었다. 그는 환경운동 전문가로 실천력이 남달랐고 중앙 일간지에 교단일기를 연재했으며 여러 권의 저서를 발간한 중견 문인이었다. 여러 방면에 힘을 쏟으면서 아이들 사랑이 남다른 그를, 나는 무척이나 따랐다. 조금이라도 닮아보자며 흉내를 내기도 했다.

　몇 달이 지난 후, 그는 뜻밖에도 문학단체를 결성하자며 참여를 권했다. 집과 학교만을 쳇바퀴 돌듯 숨 가쁘게 살아왔던 그때, 문학은 나와는 다른

'별세계'였다. 하지만 마음 한구석에서는 설렘과 기대감, 호기심이 발동했다. 그가 적극적으로 이끌어주어 조심스럽게 ㅂ문학 동인이 되었고 오랜 습작 기간을 거쳐 ㅎ수필로 등단했다. '수필가'의 이름표가 내게 붙여졌다. 떨림으로 맞이한 '이상세계'였다. 문학은 순수하고 진지했다. 바람이 느껴지고, 구름이 손짓하고, 꽃과 새순이 다가오고…. 내 글에 삶의 의미와 가치를 담아보려 애썼고, 사유의 날을 벼리자며 나를 담금질하는 시간이었다. 문학의 품에 안긴 덕분에 찾아온 변화였다.

꿈같은 일이었다. 나는 이 세상에 다시 태어난 듯했다. 눈앞에 새 세계가 펼쳐졌다. 내 소우주에 문학의 길이 열리며 찾아온 변화는 상전벽해에 비견될 만큼 엄청났다. 여전히 바빴지만 가족과 친지, 이웃과 어려운 이들에게 관심을 쏟았고 내가 속해 있는 곳에서 뭔가 가치 있고 보람있는 일이 없을까 궁리하게 되었다. 해와 달, 별과 구름 등 자연의 모든 사물에 집중하면서 관찰하는 시간이 늘어났다. 글쓰기뿐만 아니라 언어생활에서도 곱고 바른 말을 사용하려 했고 영혼이 맑은 사람이기를 바라게 되었다. 내 모자란 식견을 채우기 위해 인문학 서적을 비롯한 다양한 분야의 책 읽기 횟수가 늘어났다. 독서활동은 간접체험의 좋은 기회였고 감각도 조금은 민감해지는 듯했다. 아름다운 문장에 감탄하며 밑줄도 긋고 내 인생의 길잡이가 될만한 글 한 줄에는 생각을 정리해 써두기도 했다. 또한 문화·예술의 현장답사나 문학기행을 통해서 좀 더 풍요로운 인생이길 바랐고 그 서정성으로 충만한 느낌도 맛보았다.

글쓰기 입문으로 글벗들과 함께 문학의 뜨락을 걷는 기쁨은 무엇보다 컸다. 영혼의 자양분을 공급해 준 문단의 선배님과 문우들. 그들과 인정을 나누며 얼마나 따뜻했던가. 든든했고 고마웠다. 그들이 있어서 내 분망한 세월을 힘들지 않게 버티어 낼 수 있었다. 삼 형제를 키우며 교사 생활과 글쓰기를 병행할 수 있었던 힘은 문학에 있었다. 문학은 삶의 긍정이었다. 내 울타리를 뛰어넘어 더 넓은 세계를 보게 하는 안내자였다.

밤을 새워가며 글을 쓸 때가 있다. 어디에서 그런 에너지가 나왔을까 스스로 궁금하기도 하다. 글쓰기 외에 이렇게 몰입한 적이 언제였던가. 글을 쓰다가 글이 나를 쓴다는 느낌이 들 때가 있다. 글에 품위를 싣기 위한 노력이 글과 나를 일치시키려는 노력으로 이어지는 과정이 놀랍기까지 하다. 그런 경험이 반복되면서, 글쓰기는 삶의 품격을 높이는 힘이 있다는 생각을 하게 되었다. 익숙한 생각을 깨고 새로 태어나는 사유를 바라볼 때면 더없이 뿌듯하다. 이런 일들이 조금씩 보태어져 내 삶 또한 조금이라도 정화되었으리라.

어느 날 뜻밖에 찾아온 수필가라는 삶이 문득 고맙다. 피카소는 '내게 그림 그리는 일은 휴식'이라고 했다. 편안하고 즐겁게 그렸기에 가능한 일이었으리라. 자기가 하는 일을 사랑하지 않았다면 어떻게 그 많은 명작을 창작해 낼 수 있었겠는가. 누군가 '자기가 하는 일을 사랑하는 사람은 모든 것을 얻은 사람'이라고 말해 준 일이 생각난다. 나도 이제 글쓰기가 삶의 중심이 되었다. 더러는 유희로 느껴질 때도 있다. 생각할수록 고마운 일이다. 내게 맞는 옷을 입을 수 있었다는 게.

사람 냄새 풀풀 풍기는 수필을 쓰고 싶다. 눈물을 닦아주는, 때로는 시원한 한 잔의 물이 되어 주는 그런 글을. 인간과 삶을 진지하게 바라보며 마음을 다하고 세상을 향해 품을 넓혀 가면 이룰 수 있을까. 의식하지 않아도 물이나 공기처럼 저절로 독자 마음에 스며드는 글이라면 좋을 것이다. 욕심내지 않고 뭉근하게 쓸 수 있기를.

그를 만난 건 우연히 당첨된 행운이었다. 깊은 글을 전할 수 있다면 좋은 인사가 될 것이다. 선물을 안겨드리듯 설렐 것 같다.

이제 나는 새로운 시각으로 새로 맛보는 세상을 그릴 것이다. 지금까지 알고 느끼던 세상과는 조금씩 달라져 있다. 새로운 눈, 새 마음으로 새 글을 쓸 때마다 나는 새롭게 태어나고 있다. 이와 같은 모든 행운은 그와의 인연에서 비롯됐다. 만남의 축복에 감사하며 두 손을 모은다.

'문학은 인간의 인간다운 삶을 위하여 인간에게 기여해야 한다'
문학을 섬기며 문학을 통해 인간다운 세상에 기여하고 싶은 작가
의 뜻, 참된 문학이 가야 할 길을 가슴에 품는다. 삽상한 바람이 불
어와 내 마음을 시원하게 어루만진다.

삶이 고단해 신음하는 이들에게 희망의 유전자를 심어주는
글귀, 삭막하고 답답한 도시의 숨통을 틔워주는 헌화, 아픔과 서
러움, 분노와 갈등, 여유와 희망 등 모든 감정을 품어 안는 헌시.
시가 꿈꾸는 세상이 곳곳에 넓고 크게 퍼져나가길 소원한다.

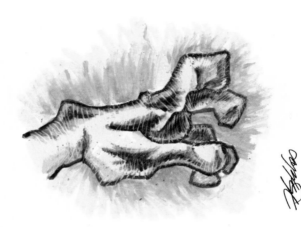

　타인의 삶을 어디까지 상상할 수 있을까. 소록도 한센인의
가혹한 운명은 무게를 가늠할 수 없었다. 영혼의 신음소리가
서린 곳. 세상의 모든 슬픔이 소록도에 갇혀 있는 듯했다. 아무
말도 할 수가 없었다. 오래도록.

2부

사랑과 생명의 노래를
소록도 하늘에

해넘이에서 해돋이까지

    햇살이 사방팔방으로 퍼져 나간다. 신령스럽다. 천지창조의 순간이 저랬을까. 대장간의 쇳물 빛깔. 그 황금색 빛깔이 구름 사이로 부챗살처럼 팔 벌리고 황홀경을 선사한다. 경이로운 광채다. 저녁놀의 강력한 파장이 뭐라고 말할 수 없는 위엄으로 내 마음에 파고든다. 이윽고 나타나는 발그레하고 거대한 불덩이의 장엄함. 더욱 짙어지는 저녁놀이 갯벌을 벌겋게 채색한다. 갯벌은 석양이 칠해주는 물감을 온몸에 바르고 나그네의 눈길이 머무르길 기다린다. 저녁놀의 향연에 심취하여 한동안 취한 듯 바라본다. 이내 빛이 서서히 모습을 감추며 사라진다. 남편의 모습이 어른거리다가 숨바꼭질하듯 사라진다. 불자국처럼 가슴에 박혀있던 서러움이 터져 나온다.

    이곳은 순천만 갈대밭 탐방로를 지나 한참을 오른 용산전망대. 생명의 땅 순천만의 낙조와 함께 S자 수로를 조망하고 싶었다. 이곳 갈대밭을 여러 차례 찾아왔지만 시간에 쫓겨 용산전망대까진 오르지 못했다. 이제 원하는 일 이뤘으니 마음 가볍게 돌아설 수 있을 듯한데 이 어인 변고인가. 그간 겉으로 내색하지 않고 멀쩡한 듯 살아왔는데 가슴에 불씨가 남아있었던가 보다.

    해넘이가 내일이면 새 생명으로 찾아와 해돋이가 된다. 떠난 사람의 자리에도 새 생명이 태어나지 않던가. 우리 어머니가 돌아가시고 한집 식구였던 조카가 딸을 낳았다. 몇 해 전, 여동생네 집안에도 시어머니가 떠나가고 내 여동생의 딸이 아기를 순산했다. 수십 년 전, 친정아버지는 병상에서 만삭이었던 내게 "너희 막내는 내가 환생했다 생각하며 잘 키워라." 했다. 처음엔 윤회설을 떠올리며 고개를 갸웃거렸다. 그 후 아이가 태어났고 나흘 후 아버지는 소천했다. 할아버지의 유전자를 물려받은 손자가 태어났다. 돌아가신 이의 육체와 정신을 이어받은 새 생명이니 '환생' 아닌가. 한 세대가 해넘이가 되어 사라졌고 다음 세대는 해돋이로 태어났으니 '환생'이 적절한 표현이 될 수도 있겠다고 생각했다. 가고 오고, 태어나고 떠나고….

해넘이가 있기 전, 나는 순례길처럼 남편과의 추억이 서려 있는 곳과 길을 걸었다. 향일암, 충무동 옛집, 여수 오동도, 자산공원, 돌산 공원, 수산시장, 순천대학, 낙안읍성…. 맨 먼저 해돋이 명소 향일암에서 일출을 맞이하려고 가파른 계단을 올랐다. 한참을 기다려 동녘 바다가 불그스레 물들자 이윽고 손톱만 한 해가 수평선에 머리를 올려놓았다. 주홍빛으로 하늘이 물들고 붉은 해가 하늘로 솟아올랐다. 바다는 해를 밀어 올리는 산모였고 하늘은 해를 받아 올리는 산파였다. 바다는 하늘과 손 맞잡고 신비의 아침을 탄생시켰다. 어둠을 물리치고 잠에서 깨어난 생명체들이 하루를 시작하는 창조의 아침이었다. 솟아오른 아침 해의 정기가 내게 전해져 힘이 절로 났다. 그림자처럼 함께 가는 그가 있어 나는 혼자가 아니었다. 이때만 해도 일출이 전하는 기대와 설렘이 좋았고 가슴은 충만함으로 채워졌다.

용산전망대의 저녁놀이 거대한 불덩이가 되어 갯벌을 벌겋게 물들일 때도 황홀하게 지켜봤으며 마음은 영성으로 채워지는 듯했다. 저녁놀처럼 그

의 삶도 아름답게 마무리됐다고 자위했다. 허나 저녁놀이 사라지고 사위에 어둠이 내리자 균형 감각은 무너지고 서러움과 외로움이 찾아들었다. 강한 척, 태연한 척 허세와 위장의 갑옷이 스르르 벗겨지고 의지가지없는 짝 잃은 거위가 되어 주르륵 흐르는 눈물을 삼키고 있다.

미망에서 헤어나지 못하고 있는 나를 다독인다. 생명이 있기에 죽음도 있고 죽음은 어느 누구도 피할 수가 없다며. 죽음을 사유하며 삶의 의미도 새롭게 천착해 보리라. 생사일여生死一如라 하지 않던가. 자연의 순리가 이럴진대, 그의 죽음에 대해서 연연해 하지 말자. 죽음을 잘 받아들여야 세상을 안고 잘 살아갈 수 있다. 깊어지고 넓어지는 마음은 언제나 찾아올까.

지구의 자전이 이뤄낸 해돋이와 해넘이가 낮과 밤이 되어 태어나고 사라진다. 춘하추동의 사계절의 변화도 멈추지 않고 순환된다. 지구와 달이 벌이는 썰물과 밀물의 움직임도 끝없이 계속된다. 광대무변한 우주의 질서 속에서 순환하는 천체의 움직임이 오묘하고 경이롭다. 인간 세상에도 생로병사의 순환원리가 작용한다. 조상은 해넘이로 사라지고 후손은 해돋이마냥 새 생명으로 태어난다.

우주의 섭리로 태어난 오늘 하루의 의미를 되새기며 별이 총총히 떠 있는 하늘을 올려다본다. 아름다운 밤하늘을 머리에 이고 용산전망대를 내려온다. 휴대폰 불빛에 의지하며 조심조심 발걸음을 내딛는다. 주위를 비춰보니 묵은 잎 다 떨구고 이듬해 봄에 새잎을 틔울 숲 속 나무들이 서로 의지하고 서 있다. 미래에 태어날 잎과 꽃 그리고 열매를 위해, 곧 새 생명을 위해 모든 걸 내어주고 팔 벌리며 버티고 있다.

인생은 나그넷길이라던가. 이러저러한 노랫말들이 마음속에 머물다가 입 밖으로 새어 나오다가⋯. 노래가사에 실어 날려 보내니 오늘 서럽고 외로워서 아려왔던 마음이 조금은 치유된 듯하다. 어느새 순천만 갈대밭 탐방로가 나타난다. 해넘이는 또 다른 내일을 준비하고 있다. 이제 나를 찾아 나서는 여행길에 들어서려 한다. 나는 누구이며 무엇을 얻으려는지. 해 돋고 해지면 세월 가고 그사이 내 인생공부는 한 뼘이라도 자라나려나.

얼을 담는 그릇

이제 머지않아 570번째 맞이하는 한글 생일이 다가옵니다. 이 맘때면 방송이나 신문은 우리말의 우수성과 중요성을 특집으로 다루거나 한글 관련 기사를 싣기도 합니다.

얼마 전, 중앙일간지인 모 신문에 순우리말과 순화어를 한 면에 가득 실었습니다. 국립국어원이 발표한 내용을 소개한 거지요. '고래실/ 그루잠/ 도담도담'은 각각 '기름진 논/ 깨었다가 다시 자는 잠/ 어린아이가 별 탈 없이 잘 자란 모습'이란 뜻으로 풀이했고요. 예시된 우리말을 머리에 새기며 주욱 읽어 내려갔어요. 생활에서 활용하거나 내 글쓰기에 도움 되기를 바라며.

아울러 외래어를 우리말로 예쁘게 다듬어 놓은 순화어도 시험공부 하듯 열심히 익혔지요. 우리가 흔히 사용하는 '워킹푸어/ 지리/ 카메오/ 쓰끼다시'는 '근로빈곤층/ 맑은탕/ 깜짝출연/ 곁들인찬'으로 바꿔놓았더군요. 우리에게 익숙한 외래어를 굳이 순화어로 바꿀 필요가 있냐는 지적도 있겠지요. 하지만 백 년 후, 아니 그보다 더 오랜 세월이 흐르면 우리말이 사라져버릴 듯해서 걱정이 앞섭니다.

방송이나 신문과 잡지, 거리의 간판, 유행가 가사에 외래어가 넘쳐납니다. 과도한 영어사용은 도가 지나쳐 우리말도 제대로 표현하지 못하는 영유아에게도 미치고 있으니 슬프기도 하고 한숨이 저절로 새어 나옵니다.

오래전부터 우리말의 오염을 염려하고 있었지만 더욱 큰일 났다고 생각한 것은 어느 날 버스 안에서였습니다. 학생들이 서로 대화하면서 졸X, X발 등 욕설과 저질 언어, 도무지 알아들을 수 없는 외계어를 사용하고 있었습니다. 뜻이 거칠고 인간관계를 해칠만한 심한 말도 거침없었습니다. 어지러웠습니다. 불쾌하기도 했고요. 귀를 막고 싶었지만 그럴 수는 없었습니다. 꼭 필요한 맥락이라 치더라도 버스 승객이 듣든 말든 아랑곳하지 않은 그 태도에 마음이 아팠습니다. 병든 태도에 깃든 말이란 결국 아픈 말일 테니까. 부모, 선생님, 주위 어른들 탓일까요. 학교가 그 아이들을 숨 막히게 하고 있는가 보다 하고 돌아보았습니다.

이뿐만이 아닙니다. 과도한 존댓말 사용은 우리말 어법에도 어긋날 뿐만 아니라 듣는 입장에서도 거북합니다. 어느 날 병원에서 간호사는 내게 "들어오실게요/ 누우실게요/ 내려오실게요"하며 기형적인 높임말을 썼습니다. 넌지시 그 이유를 물었더니 환자들이 '들어오세요' 등으로 말하면 반말한다고 싫어해서 그렇게 한다고 말했습니다. 이 일을 어떻게 하면 좋을까요. 쉽게 고쳐지지 않을 듯합니다.

SNS(소셜네트워크서비스)에서는 더욱 심각합니다. 토씨 생략, 언어를 기호로 나타내기, 줄임말 등등. 한 나라 안에서 세대 간에 소통이 단절되고 있으니 큰 문제입니다. '꼬탱이/ 눈팅'같은 말은 어이없고 허탈해질 뿐입니다. 아름다운 우리말이 사라지는 것도 염려가 되지만 비속어, 욕설이나 폭언 등은 개인의 건전한 사고체계를 무너뜨리고 서로에게 깊은 상처를 주며 사회를 병들게 합니다. 언어폭력으로 발생하는 상처나 불안, 분노와 두려움, 좌절과 갈등은 심각한 정신장애를 가져오기도 합니다. 때로는 상대방의 신체에 위해를 가하기도 하고 심하면 목숨을 앗아가는 일도 벌어집니다.

얼룩지고 상처투성이인 우리말을 들으면 백성을 불쌍히 여겨 한글을 창제하신 우리 세종대왕님과 집현전 학자들이 뭐라 하실까 궁금해집니다. 광화문 세종대왕 동상을 똑바로 바라보며 자랑스러운 후손으로 떳떳하게 큰절 올리는 한글날을 맞이하고 싶습니다.

그러기 위해 네 탓만 하지 말고 가정에서부터 내 아이의 바른 언어습관을 위해 힘써야겠다는 생각이 듭니다. 돌 전후 아이는 엄마나 다른 가족들의 말을 흉내 내며 언어를 배우기 시작합니다. 존댓말과 부드러운 말로 이 시기 아이들에게 올바른 우리말을 익히도록 힘써야 하겠지요. 그런 아이가 성장하여 상냥하고 친절하게 친구와 선생님, 이웃과 소통하면 얼마나 좋을까요.

초·중·고등학교에서도 시를 많이 읽고 외우며 맑고 고운 시어들을 찾고 풍부한 감성과 생활의 여유를 가졌으면 해요. 꽃잠, 나비잠, 그리메와 같은 순수 우리말도 사용하면서.

또한 '고마워/ 기뻐/ 행복해' 등 긍정의 말을 주문처럼 사용하길 바랍니다. 무슨 말이든 만 번을 반복하면 그 말이 씨앗 되어 좋은 결과가 찾아온대요.

나는 언제부터인가 국영방송의 '우리말 겨루기'나 모 일간지의 '우리말 벼루기'를 즐겨봅니다. 우리말을 공부하는 재미도 쏠쏠하고 글쟁이로 살아가려면 수시로 달라지는 표준어나 바른말을 익혀야 하겠기에. '이쁘다/ 마실/ 찰지다' 등이 복수 표준어로 인정됐다는 소식, '푸르르다/ 꼬리연/ 의론/ 이

크/ 잎새'가 현재 표준어와는 어감이 다른 표준어로 인정한 일, 현실적인 쓰임을 반영해서 '노랗네/ 동그랗네/ 조그맣네'와 같이 ㅎ을 탈락시키지 않고 쓰는 걸 인정한다는 등의 정보도 얻습니다.

우리 모두가 올바른 우리말을 사용할 수 있게 학교와 관련 기관, 언론매체, 국가가 손잡고 언어순화운동을 펼쳐나갔으면 합니다. 또한 초·중·고등학교에서는 누구나 그 시기에 맞는 한글말하기 자격시험을 치르고 시험에 통과해야만 다음 단계로 진학할 수 있는 제도를 마련하면 효과가 있지 않을까요. 다소 억지스럽다고 생각하는 사람도 있겠지만 그만큼 심각합니다. 우리 한글이 바로 서야 우리 모두가 바로 설 수 있습니다.

삶의 모든 아름다움과 풍요로움을 언어로 바꾸는 것을 좋아해서 글을 쓴다는 노벨문학상 수상자 파무크의 말을 떠올립니다. 나 역시 사물과 현상을 아름다운 우리말로 표현하여 내 삶이 더욱 풍요로워지고 그로 인해 나의 문학도 아름답게 꽃피우길 소망합니다.

우리 말과 글은 우리의 얼을 담는 그릇입니다. 한글은 유네스코에서 세계유산으로 등재한 자랑스러운 우리의 보물입니다. 우리가 사랑하는 한글을 향기 나는 글, 품위있는 말로 가꾸는 것은 우리의 정신을 살찌우는 일입니다. 한글과 함께 태어나서 성장했고 앞으로 우리말을 사랑하며 살아가야 할 우리들입니다.

내가 쓰는 말은 곧 '나'이고 우리가 사용하는 말은 곧 '우리'입니다. 우리를 되돌아보며 우리 한글이 바로 세워지길 꿈꾸어 봅니다.

사랑과 생명의 노래를 소록도 하늘에

소록도의 단종대와 수탄장이 방영되는 화면을 응시한다. 오년 전 8월 하순의 소록도가 되살아난다. 사는 것보다 죽는 것이 낫고 죽어야 사는 것이라고 했던 한센병 할머니. 손가락이 떨어져 나가고 코가 썩어 달아나도 아픈 줄 몰랐다며 담담하게 얘기했던 할아버지. 서럽고 한스러웠던 세월을 탓하지 않고 종교에 의지하며 한을 삭이며 노래했던 할머니. 소록도로 수학여행을 와서 몸이 불편하고 외로운 한센인들을 돌봤던 천사 같은 여학생들. 그날 여름밤 하늘엔 별이 총총 내려앉았다. 내 맘에도 그 별이 가득 모여들었다.

소록도는 1박 2일의 문학기행지였고 교사문학단체 회원 120명과 동행했다. 우리는 소록도로 떠나기 전에 구경꾼의 시선이 아닌 한 아름의 사랑과 미소를 품으며 떠나자고 했다. 수십 쪽의 문학기행 자료를 준비했고 소록도 한센인을 돌봤던 김범석 공중보건의를 초대해서 특강을 들었다. 문인이기도 한 그는 소록도 한센인의 삶을 담은 「천국의 하모니카」를 요약해서 들려줬다. 그는 우리에게 타인의 삶을 어디까지 상상할 수 있느냐며 무게를 가늠할 수 없는 그들의 가혹한 운명을 전했다. 그의 자만 없는 의로움과 친절하고 자세한 안내에 매료되어서 우리도 덩달아 몸과 마음을 곧추세우며 소록도로 향했다. 녹동항과 소록도가 현수교로 연결되어서 3대의 버스가 편하게 이동할 수 있었다.

여의도 1.5배인 이 섬은 울창한 숲과 리아스식 해안이 어우러져서 뛰어난 풍광을 자랑하고 있었다. 흰색 3층 병원 건물과 잘 손질된 중앙공원. 깨끗하게 관리된 도로. 자연과 환경이 조화를 이룬 남국의 정원이었다. 하지만 한센인의 몽당손으로 벽돌 찍고 길 닦으며 이뤄낸 결실이었다. 마냥 아름다움을 말하기조차 아픈 서러운 장소였다. 나환자를 구한다는 흰색의 구라탑救癩塔. 한하운의 보리피리 시비. 광복 후 자치권을 요구하다가 처참하게 죽임을 당한 84인의 영혼을 기리는 추모비. 인간의 존엄이 헌신짝처럼 버려진 참담함과 죽어서 한 마리 파랑새 되어 생명과 자유를 찾고 싶었던 시인. 처연한 슬픔이 목에 걸려서 아려왔다.

무거운 걸음으로 찾았던 단종대斷種臺는 피로 얼룩진 장소였다. 한센인 이동李東의 시가 단종대의 비극을 증언하고 있었다. '그 옛날 나의 사춘기에 꿈꾸던/ 사랑의 꿈은 깨지고/ 여기 나의 25세 젊음을 / 파멸해 가는 수술대 위에서/ 내 청춘을 통곡하며 누워있노라/ 장래 손자를 보겠다는 어머니의 모습/ 내 수술대 위에서 가물거린다/ 정관을 차단하는 차가운 메스가/ 내 국부에 닿을 때/ 모래알처럼 번성하라던 신의 섭리를 역행하는 메스를 보고….' 단종대 위에 뉘어졌던 25살 젊은이의 통곡이 들리는 듯해서 머리를 감싸 쥐고 그 자리를 급하게 떠났다.

수탄장愁歎場은 미감아未感兒로 불리던 아이들을 한센인 부모와 격리 수용하고 한 달에 한 번 길을 사이에 두고 면회시켰던 탄식의 장소였다. 건너편에 한 줄로 서 있는 제 자식을 품에 안아보지도 못하고 보는 것만으로 만족해야만 했던 그곳. 영혼의 신음소리가 서린 곳. 세상의 모든 슬픔이 소록도에 갇혀 있는 듯했다. 아무 말도 할 수가 없었다. 오래도록.

우리는 그날 밤, 소록도 주민의 마음을 따뜻하게 녹여줄 잔치한마당을 열었다. 우리는 주제를 '소외를 넘어 소통에 이르는 길'로 정했다. 이곳에서 성자와 같이 값진 봉사를 하고 한센인 자녀를 위한 영아원을 운영하고 자활정착사업에 헌신했던 수녀님들이나 한센인을 위한 콘서트 등 선한 마음으로 찾아와 그늘진 아픔을 어루만졌던 예술가들, 그들을 감히 흉내 낼 순 없지만 함께 어울려 춤추고 노래하며 하나가 되려고 작정했다.

우리는 소록도 체육관을 숙박장소로 정했고 끼니는 기초체력을 유지할 정도의 소박한 음식으로 해결했다. 그렇게 숙박비와 식사비를 절약해서 TV 수상기 2대와 수박, 기정떡, 과자, 음료수 등을 공들여 준비했다. 고맙게도 계산기, 우산, 돋보기, 효자손 등 많은 분량의 실용적인 선물을 개인적으로 마련해 온 회원들도 있었다. 잔치마당에서 우리의 선물을 받은 주민들은 상상했던 것보다 훨씬 기뻐했다. 모두 함께 음식을 먹으며 공연을 시작했다. 함께 음식을 먹는다는 것은 은혜였고 사랑이었다. 서로 즐겁게 먹으면서 대화를 나누는 사이에 삐에로와 황금박쥐가 나타났고 만화 속 주인공들이 다른 모습으로 이어서 등장하는 광경을 흥미롭게 바라보는 이들의 표정에서 행복을 읽을 수 있었다. 하모니카, 북, 날라리 연주, 각설이 타령 등 재능과 끼가 넘쳐나는 회원들 덕분에 청중의 반응은 뜨거웠다. 그곳 주민 유○남 시인의 글 「왜 이제 왔느냐」와 우리 회원 답글 「이제 와서 미안합니다」는 소록도 하늘에 서럽게 퍼져나갔다.

80세 김○덕 할머니는 고향이 평양이라고 했다. 〈타향살이〉를 개사해서 부른 노래는 애절했다. 피맺힌 세월을 탓하지 않고 운명으로 받아들이고 한을 삭이며 태어난 노래였다. 1절은 하느님의 사랑을, 2절은 자원봉사자에 대한 고마움을 담았다. 불쌍한 인생을 껴안아 주시는 하느님과 아무런 연고도 없는 이곳에서 당신들을 돌보고 위로해주는 따뜻한 자원봉사자가 있어서 당신은 결코 혼자가 아니라고 했다. '나병'이라는 암초를 뛰어넘고 극복하여 찾아온 평안은 종교의 힘이었다. 한 할아버지는 팔다리 없는 몸으로 강당 바닥을 데굴데굴 구르고 뒹굴며 기쁨을 표시했다. 소록도를 잊지 말아 달라고 호소했다. 한센병은 사라졌지만 노화로 찾아온 고통과 일상의 무료함이 전달됐다. 처절한 몸짓이었지만 소통의 한 방법이었다.

잔치마당에 경기도 하남고 2학년 여학생 한 반 아이들과 인솔교사가 우릴 찾아와서 합석하길 청했다. 일주일 동안 수학여행지로 소록도를 찾아온 그들이 기특했다. 봉사하러 온 여학생들은 이미 이곳 주민들과 친숙해져 있었다. 우리는 다 함께 손잡고 노래하며 빙글빙글 돌았다. 내 옆의 옥○금 할머니는 팔의 윗부분만 남아있어서 붙잡으려니 섬뜩했다. 겉으로는 태연한 척했지만 주저하는 내 모습이 드러날까 봐 다른 곳에 시선을 둘 수밖에 없었다. 강당 한편에서 어린 여학생이 수박을 입에 넣어드리고 일그러진 할머니 얼굴을 두 손으로 감싸 쥐는 다정한 모습이 눈에 띄었다. 그 순간 나도 모르게 할머니와 자연스럽게 어깨동무하며 어색했던 분위기를 풀었다. 보통 십 대 소녀들의 정서와 다른 그녀들의 성숙한 모습이 놀라웠고 신선했다. 어린

61

여학생들이 수학여행에 대한 환상과 설렘이 클 텐데 그 무엇이 그들을 소록도로 이끌었을까. 인솔 여교사와 학급회장의 발언으로 미루어 봉사활동이 이미 익숙해져 있는 그들이었다. 제자를 무척 사랑하고 어려운 이웃에게 손 내미는 담임선생님께 큰 영향을 받았으리라 짐작했다. 무한의 신뢰와 존경을 받는 교사. 그 교사의 선의와 선행을 따르는 제자들. 가장 이상적인 사제지간의 모습을 직접 대할 수 있었던 것도 행운이었다. 잠시 이들과 함께 머물렀던 시간은 앞으로 내 삶을 변화시키리라 예감했다. 타인에게 피해 주지 않는 생활태도도 좋지만, 어려운 이들과 동행하며 더불어 기뻐하는 일은 얼마나 값진 일인가. 소외되고 힘든 이웃이라면 더욱.

밤이 깊어지자 소록도 주민과 하남고 여학생들 그리고 우리 회원들은 노래로 빠르게 하나가 되었다. 소통하는데 손잡고 노래하며 빙빙 돌고 춤추는 일보다 빠른 것이 어디 있겠나 싶었다. 외로움과 병마에 고통받았던 소록도 주민들이 나 혼자가 아님을 느끼며 고맙고 행복하다고 했던 그 날. 그들과 함께 벅차오르는 감정을 주체할 수 없었던 그 마음의 움직임은 얼마나 귀하고 값진 일인가. 뜨거운 가슴으로 그들과 함께 벌였던 잔치마당에서 울려 펴진 사랑과 생명의 노래가 내 마음에 반짝이는 별이 되어 찾아왔다. 그날 밤 소록도에서 우리 모두는 가장 아름답고 빛나는 별이 되었다.

태안에 핀 백합꽃

태안군 모항에 순결하고 새하얀 천육백 송이 백합이 아름답게 피어났다. 태안 유조선 기름 유출로 오염된 이 바닷가에 생명을 꽃피우기 위해 하얀 방제복을 덧입은 사람꽃이다. 작은 힘이지만 서해안을 살리기 위해서, 자연을 지키기 위해 나선 흰 제복의 장엄한 행렬. 이들은 굴, 바지락, 대합이며 밤게, 벌떡게가 다시 살아나는 생명의 땅을 위해 한겨울의 칼바람에도 아랑곳하지 않고 전국에서 모여든 봉사자들이다. 청각, 톳, 갈파래, 감태가 싱싱하게 자랄 수 있는 청정바다를 염원하는 사랑의 손길들이다.

이들은 쪼그리고 앉아 빠른 손길로 정성스럽게 바위의 기름때를 씻어내고 있다. 돌과 모래를 뒤엎어 흡착포로 기름을 닦는 사람들. 자갈 하나하나에 붙어있는 시커먼 기름을 벗겨내는 이들. 이들의 모습은 정결하고 엄숙해 마치 경건한 종교의식을 보는 듯하다.

ㅂ문학과 ㅅ성당 연합팀의 일원으로 이곳에 온 나는, 기름 찌꺼기에 매달려 있는 수많은 인파를 돌아보며 '내가 딛고 사는 이 세상을 위해서 그동안 한 일이 아무것도 없었습니다.' 라며 고개 숙여 고해성사를 바친다. 나는 지금까지 나 자신과 가족만을 위해서 달려왔을 뿐이다. 주위를 돌아보지 않았고 도움이 필요한 곳에 따뜻하게 손을 내밀지 못했다. 그동안 어려운 이웃

과 함께 나누지 못한 잘못과 이기심, 내 가슴 밑바닥에 쌓인 마음의 때도 말갛게 씻으려고 두 손 모아 참회의 기도를 올린다. 세찬 바람에도 속살이 뜨거워진다. 눈시울도 따라서 더워져 온다. 나는 지금 서해안의 작은 포구에서 흐르는 눈물을 몰래 훔치며 정화의 순간을 맞는다.

기름유출 사고 후, 한 달 반 만에 자원봉사자가 이미 백만 명을 훌쩍 넘어섰다고 한다. 병든 자연을 치유하고 생계가 막막해진 어민에게 삶의 터전을 되돌려 주려는 마음, 그 마음 하나로 똘똘 뭉친 봉사자들이 있어 이곳 서해안의 상황은 크게 호전됐다. 지금, 사람들은 재앙의 바다였던 사고 당시를 떠올리며 '태안의 기적'이라고 말한다. 많은 이들이 이를 흐뭇해하고 자랑스러워한다. 세계인들도 우리의 이러한 저력에 놀라워하며 감탄의 눈으로 지켜보고 있다는 이야기를 신문과 방송을 통해 알았다.

태안의 기적은 현재 진행형이다. 아직도 밀물과 썰물이 반복될 때마다 기름막이 다시 입혀지고, 해안 모래를 뒤엎으면 시커먼 기름이 여전하다. 사람들은 기름때 묻지 않은 청정 바다로 되돌려지려면 십 년이 걸릴지도 모른다고 말한다. 허나 우매한 인간들이 저지른 이 비극에서 벗어나려고 오늘도 내일도 자원 봉사자는 이어질 것이다. 또한 생태계 복원과 주민을 위한 자선행사도 이곳저곳에서 펼쳐지리라. 우리에게 잘 알려진 가수 김장훈과 이현우도 이곳 태안에서 봉사활동을 계속하며 노래하고 있다. 피해 복원을 위한 기금 조성을 위해서라고 한다. 가수 이현우가 직접 작사 작곡한 노래 〈기적〉은 우리 모두가 사랑으로 가슴 아픈 주민들에게 손잡아 주길 간절히 호소하고 있다.

'칠흑 같은 재앙의 늪에

이렇게 숨이 멎어가고 있는데

내게 기적이 돼주오

그대의 위대한 사랑으로'

태안의 참혹한 현실을 가슴으로 받아들이고 마음 아픈 이들과 더불어 살아감은 아름다운 삶이다. 이웃을 위해 나눔을 실천하는 이들은 진한 백합꽃 같은 향기를 내뿜고 있다. 이 아름답고 숭고한 나눔의 향기가 모든 이에게 퍼져 태안의 기적이 끝없이 이어지기를 기원한다.

기름 유출 사고 말고도 각종 오염과 환경파괴로 인해 물과 공기, 흙까지 오염시켜 우리의 생명을 위협하고 있다. 이제, 생태계의 모든 구성원들이 생명의 근원인 자연을 아끼면서 조화롭게 공존하며 살아가야 할 때다. 이 땅은 미래의 후손인 우리 아이들이 살아가야 할 터전이기에.

곧 밀물이 들어온다기에 서둘러 일어나 먼바다를 바라본다. 한려수도를 품고 있는 내 고향 여수 바닷가의 어릴 적 풍경이 내게로 다가온다. 물 맑고 아름다운 그 바닷가는 우리들의 넉넉한 쉼터였고 소꿉친구들의 놀이터였다. 파도 위에 갈매기가 날고 만선의 깃발을 단 고기잡이배가 드나들던 삶의 현장이었다. 이곳도 나의 고향 옛 바다처럼 볼거리, 먹을거리, 일거리가 풍성하게 제공되는 생명의 바다와 땅으로 부활하여 이곳 주민들의 눈물이 거두어지길 기도하며 귀경 버스에 오른다.

피해 어민과 자원봉사자들이 얼싸안고 천리포, 몽산포, 안면도 백사장에서 '태안의 기적'을 힘차게 합창한다. 시름을 떨쳐내고 희망을 노래하고 있다. 태안의 기적을 기념하며 풋풋한 갯내음과 바닷바람과 함께 한바탕 신명나는 마당놀이가 한창이다. 하얀 백합꽃이 무리 지어 피어난다. 나도 꽃이되어 바람 따라 덩실 춤을 춘다.

덜커덩 소리에 잠에서 깨어나 이마에 맺힌 땀을 닦는다. 차창 밖 어두움 저편에 낯익은 거리가 들어온다.

받은 복을 나누어 봅시다

'받은 복을 세어봅시다. 그리고 받은 복을 나누어 봅시다.'

자선 연주회를 알리는 편지에 쓰인 문장이었습니다. 당신의 작은 정성이 노숙인들에게 힘과 용기를 주는 작은 씨앗이 되기를 바란다는 글귀도 보였습니다. 차가운 바람이 살풋을 파고드는 세밑에 소외된 이웃을 위해 발 벗고 나선 Y 초등학교 교장님이 보낸 편지였습니다.

이분은 남성합창단장으로서 영등포역 주변의 노숙자에게 무료급식을 제공하는 단체를 후원하기 위한 자선음악회를 진두지휘하고 있었습니다.

사는 게 산같이 높아만 보이는 노숙자에게 '따뜻한 밥'을 제공하기 위해 음악으로 사랑을 나누는 이들이, 받은 복을 나누어 주려고 합니다. 내가 가진 음악적인 재능을 통해 자선음악회를 열고, 그 성금은 불우한 그들에게 돌려줄 것입니다. 노숙자에게 음울한 이 겨울은 험난한 산길일 수밖에 없겠지요.

서로가 서로에게 손잡아 주고 나눔을 실천하려는 따뜻함이 편지에서 묻어나 연주회장을 찾아 나섰습니다.

이곳 연주회장을 찾아온 객석의 사람도, 발표하는 합창단도 모두 함께 마주 보고 손잡아주며 배려와 사랑의 마음을 교감했습니다. 성금함에 작은 정성을 담으면서 충만한 기쁨이 차오르는 것을 느꼈지요.

많은 이들에게서 마음의 넉넉함과 따뜻함이 감지되었기에 생명의 엄숙함과 존귀함까지 느꼈다면 지나친 비약일까요. 아무튼 들뜬 마음이었답니다. 세상의 어둠이 밝음으로, 절망이 희망으로 옷을 바꿔입은 듯한 기분을 숨길 수 없었지요.

이 남성합창단의 음악은 웅장하고 생동감이 넘쳤으며, 충만한 감정의 여울에서 솟아오른 사랑의 힘이 전해졌습니다. 삼십여 명으로 구성됐고 중장년층이 많았으며 모두의 마음에는 평화가 깃들어 있는 듯했고 얼굴에는 미소가 피어올랐습니다. 직업합창단도 아니고 각계각층의 단원들이 틈나는 시간을 활용해서 연습했을 법한데 완벽한 하모니, 우아하고 세련된 합창이었습니다. 믿음이 잘 발효된 탓이라고 생각했지요. 우리 모두의 마음을 순화시키는 듯했고 따뜻한 햇살로 다가왔습니다.

나의 세쌍둥이 출판기념회에서 우아하고 경쾌한 음악으로 식장을 빛내줬던 여성중창단도 특별출연했습니다. 여성중창단원인 내 동생이 다리를 놓아준 보람이 있었습니다. 정말, 삶이란 홀로선 나무 같지만 서로 뻗친 가지가 어깨동무하여 숲을 이룬다는 말이 실감 났지요. 오랜 연륜에서 배어 나오는 열두 명 중창단의 원숙함은 가슴 뭉클한 감동을 전해주었습니다. 남성합창단, 여성중창단, 소프라노 등. 연주회장에서의 음악의 파장은 깊고도 넓어서 영원한 메아리로 내 주위를 맴돌 듯합니다.

자선 연주회장을 떠나며 음악으로 사회에 고마운 빛을 전한 저분들처럼, 나도 누구에겐가 희망을 전하고 싶었습니다. 가슴 아픈 이들을 다독이고 마음을 데워 영혼을 울리는 글들을 써서 내가 가지고 있는 작은 부분이라도 나누어지기를 소망합니다.

　　음악으로 행복한 세상을 열며 복을 나누려는 이들을 눈여겨보고 좋은 생각을 담을 수 있어서 행복한 하루였습니다.

삶을 가꾸는 텃밭

『ㅂ문학』 20집이 청년의 기상으로 태어났습니다. 풋풋하고 열정 넘치는 모습이 자랑스럽습니다. ㅂ 동인의 정성과 사랑으로 키워졌기에 흐뭇하고 살가운 정이 더해지네요.

사람의 앞날은 정말 알 수 없나 봐요. 내가 문학동네 뜨락에 뿌리를 내릴 줄 상상이나 해봤겠습니까. 나는 1992년 서울연은초등학교로 전임하였어요. 그곳에서 김지상 선생님을 만났고 그 인연이 글을 쓸 수 있는 행운으로 이어졌죠. 우연히 내 편지글을 읽어 본 김 선생님은 문학 단체를 결성하자며 참여를 권유했습니다. 심영구 교육위원과 김지상 선생님의 문학에 대한 열정과 결단으로 1993년 겨울 정동 세실에서 첫 모임을 가졌지요. 초대회장 심영구 등 쟁쟁한 현역 작가와 나처럼 문학의 꿈을 접고 평범하게 지냈던 교단 교사들이 주죽이 됐죠. 일 년 남짓 문학 수업을 지속하다가 1995년 『ㅂ문학』 창간호를 출간했습니다. 백미白眉를 지향하며.

처음 작품이 활자화됐을 때 감격은 지금도 잊을 수가 없답니다. 창간호를 동료, 친척, 친구에게 마구마구 건넸으니 지금 생각해보면 부끄러운 일이지만 당시엔 몰라서 용감했습니다.

그 후 해마나 동인지가 여러 색깔로 피어났고 올해 우리 글벗들은 『ㅂ문학』20집을 출산하여 이 책이 독자에게 영혼의 자양분으로 스며들기를 바랐습니다. 각박하고 혼란스러운 세상에 독자의 마음을 따뜻하게 어루만지고 눈물을 닦아주며 작은 떨림이라도 전해지길 바라면서.

그동안 우리 문학의 여정은 활기찼고 꾸준히 이루어졌습니다. '서울초등문예창작교육연구회'를 조직해서 『ㅂ문학』 동인뿐만 아니라 문학에 뜻을 둔 교사들의 문학 수업을 돕기 위해서 연수를 의욕적으로 진행해 왔습니다. 실제로 교단 교사들의 글쓰기 공부는 자신뿐만 아니라 학생들에게 큰 영향을 미쳤습니다. 동시 쓰기 등 문학 수업은 학생들의 가슴에 스며들어 바른 심성을 회복하고 순수를 되찾는 효과도 거뒀지요. 나 역시 개인문집, 학급문집, 교지 등을 발간했고 학교 행사 때마다 글쓰기 활동은 쉼 없이 이어졌습니다. 제자들이 일기 쓰기, 편지 쓰기, 각종 백일장대회에서 수상하고 자신감을 얻는 일은 큰 보람이었죠.

역사탐방, 문화답사, 자연탐사 등도 연수의 일환으로 계속되었습니다. 문학기행을 여름과 겨울방학을 이용해서 실시했으며 글의 소재도 발굴하고 소설, 시, 수필, 평론 등 쟁쟁한 문인들을 초대하여 특강을 열어 문학세계의 지평도 넓혀 보았죠. 화천, 춘천, 원주, 강릉, 삼척, 거제, 남해, 통영, 옥천, 부여, 안동, 경주, 고창, 정읍, 곡성, 구례, 하동, 섬진강 주변, 담양, 화순, 장흥, 벌교, 고흥 등 많은 지역의 문화를 체험했고 문인들도 만났습니다. 한승원, 이외수, 신봉승, 신달자, 유안진, 나태주, 문태준, 조경희, 황금찬, 김남조, 정연희, 김용택, 도종환, 황원교 등 개인적으로는 만나기 어려운 문단의 별들이었죠. 문학 이론과 실기를, 때로는 작가의 생생한 사적 경험을 듣기도 했죠.

직접 얼굴을 바라보면서 문학이론서에서 느끼지 못했던 관심과 흥미가 생겨나니 글쓰기에 큰 도움이 되었고요. 우리도 그들처럼은 아니더라도 문학도로서 미래의 청사진을 그려 보기도 했지요.

지금까지 '서울초등문예창작교육연구회'를 이끌어 온 회장님들과 회원들의 헌신과 노고로 이뤄낸 결실입니다. 무엇보다 우리 글벗들은 힘들어도 서로 격려하고 배려하며 가족 같은 끈끈한 정으로 뭉쳐서 창작 활동을 위한 모든 일에 힘을 쏟았기에 가능한 일이었지요.

연말에는 송년문학회를 열어 한 해를 결산하고 다양한 문학 활동을 통해 실력을 다지며 화합의 장을 마련하면서 잔잔한 행복도 누렸습니다. 최근엔 정기모임 외에 문화행사를 격월로 진행하며 팍팍한 일상에서 벗어나 해방과 자유를 맛보며 여러 문화를 체험하고 문학을 얘기합니다.

20여 년의 세월 동안 『ㅂ문학』은 성장 발전했고 문학단체로서 위상이 크게 신장되었지요. 최근 가입한 글벗을 제외하곤 대부분 등단하여 문단의 중진으로 혹은 교단 교사로서 아동과 함께 문학 활동을 활발히 전개하여 수상하는 등 거침없는 행보에 자부심이 느껴집니다. 권위 있는 문학단체의 책임자나 임원으로, 한국수필 100인선의 주인공으로, 문학수업 강사로, 명저서 출간으로 왕성한 활동을 하고 있는 우리 글벗들의 활약은 『ㅂ문학』이 있었기에 가능한 일이었습니다.

『ㅂ문학』과 더불어 살아왔던 20여 년 문학 세월은 내 영혼을 말갛게 씻어 주는 물이 되었고 작지만 아름다운 삶을 가꾸는 텃밭을 마련해 주었습니다. 이곳에서 내 모자란 식견과 지혜를 채우기 위해 책 읽고 사색하며 나와의 부단한 싸움을 계속했고 내 마음을 가다듬어 보았지요. 나의 노력과 도전이 나를 지탱해 주는 원동력, 삶의 에너지가 되었고요. 글쓰기 작업은 고도의 집중력이 요구되기에 지치고 힘들 때도 많았어요. 그렇게 인내심도 키웠고 미래의 소망을 이뤄내는 디딤돌 역할도 충실히 해냈습니다. 사유의 과정 중에 얻어낸 소망이니까요.

삶이란 가치 있는 그 무엇을 끊임없이 추구하며 실행해가는 과정이라고 생각해요. 밤새워 글 쓰며 7~8시간을 오로지 매달렸던 순간도 있었고 힘든 시간을 글쓰기로 달랬던 적도 있었습니다. 문학이 창문 되어 다른 세상으로 날아가 보기도 했고 나를 비추는 거울이 되기도 했습니다. 내가『ㅂ문학』을 만나지 못했더라면 이뤄낼 수 없는 일들이지요. 그래서 문학 스승들과의 만남이 축복이고 우리 회원들과 함께 문학의 뜨락을 거닐었던 20여 년 세월은 나를 늘 가꾸면서 새로운 세계로 향하게 했죠. 따라서 미래의 나는 늘 소망을 품고 살아갈 듯합니다. 사실은 나에게 보내는 주문이죠.

자기가 하는 일을 사랑하는 사람은 모든 것을 얻은 사람이라고 했습니다. 내 어찌 무엇을 더 바라겠습니까. 오로지 글벗들이 문학에 대한 열정으로 인생을 풍요롭게 살아가길 바라며 더 많은 것을 사랑하게 되길 염원합니다. 또한『ㅂ문학』이 10년 후, 20년 후, 100년 후에도 영원히 성장하고 발전하여 세상 곳곳에 문학의 향기를 전하는 문예지로서 사명을 다 하길 소망합니다. 꼭 그렇게 되리란 믿음이 꿈틀대고 있습니다.

미련 없이 떠나기

우리 집은 비좁다. 추억을 간직한다며 뭐든지 끌어안고 사는 내 성격 탓이다. 온갖 기념품, 수집품, 스크랩북, 사진첩, 책 등 잡다한 물품으로 집안이 어지럽다. 숨 막히게 꽉 들어찬 집안의 답답함이라니. 더 이상 미적거릴 수가 없게 됐다. 남편을 멀리 떠나 보낸 후, 그가 애지중지 여겼던 유품들도 정리했는데…. 뜨거운 눈물 흘리며 그들과 이별하지 않았던가. 나 떠난 후 누군가가 그 같은 통절함을 감당해야 한다면, 내 주변 정리를 할 수 있는 데까지 해야 할 터. 조금씩 조금씩 버리기로 작정하고 우선 없어도 사는 데 지장 없는 액세서리 등 장식품 일부를 처분했다. 지인들에게 나눠주니 그 복잡한 공간이 정리되어 마음마저 가벼워졌다.

그럼에도 여백의 미가 살아 있어야 하고 음악에도 쉼표가 있어야 그 음악이 빛을 발한다. 법정 스님도 산문집 『무소유』, 『텅 빈 충만』, 『버리고 떠나기』를 통해 집착과 욕심을 버리고 가벼워지라고 했잖은가.

이어서 공간을 많이 차지하고 있는 책을 정리했다. 책들이 서가를 모두 차지하고 안방과 거실 바닥까지 점령하기에 이르렀다. 손님이 오는 날이면 미리 이리저리 옮겨 보기도 했지만, 그 양이 늘어나면서 그도 한계점에 이르러 옴짝달싹하지 못하게 됐다. 며칠 걸려 큰 박스 4개를 넘쳐나게 채웠고, 책을 좋아하는 아들 친구네 집으로 옮겨 갔다. 거기서 환영받고 잘 읽혀졌으면 하는 마음으로 떠나 보냈다. 빈 공간이 생겨나니 홀가분해졌고 집안이 조금은 산뜻해진 듯했다. 한편으로는 또 예전처럼 책이 쌓이지 않을까 살짝 걱정이 일었다. 읽지 못한 책이 한가득 있어도 자꾸 사들이는 습성이 쉽게 바뀌어질까. 쉽지 않을 듯하다.

대량생산, 대량소비의 시대다. 우리 가족이 사들인 옷들은 옷장을 꽉꽉 채우더니 의자 등받이 위나 벽면 한쪽 자리를 차지해 나갔다. 애들과 함께 옷은 재활용이 가능한 품목이니 책임지고 과감히 버리자고 했다. '제3세계', '아름다운 가게' 등으로 실려 나가 새 주인을 맞을 옷들이 거실에 산더미처럼 쌓아 올려졌다. 우리 가족 모두가 그 양에 놀라며 작업을 마쳤다. 우리 집 아파트 단지와 내가 속해 있는 성당에 재활용 의류함이 있어서 사이좋게 양분해서 보냈다. 이렇게 옷이나 소품은 재활용이 손쉬우나, 쓸 만한 대형 생활 물품이나 가구, 전자제품 등은 속절없이 폐기되고, 과정 또한 복잡하다. 독일에서는 개인이 성당이나 비영리 단체에 잘 쓰지 않는 대형가구나 전자제품, 생활필수품 등 살림살이를 기부한다고 들었다. 그런 단체들이 개인이 기부한 품목을 필요한 사람이 가져가기 쉽고 부담 없이 재활용할 수 있도록 잘 운영하고 있다. 이 제도가 잘 정착되어 우리나라 유학생들도 책상, 의자, 컴퓨터, 그릇 등 생활용품을 잘 이용하고, 학업을 마치고 고국으로 돌아올 때 되돌려 주고 온다니 얼마나 고맙고 편리한 시스템인가. 우리나라에서도 독일의 사례를 본받아 자원이 낭비되는 일도 막고 어려운 이들이 도움을 받을 수 있도록 적극 추진해 봄이 어떨지.

옷 정리 후, 해외여행 중에 수집한 각국의 지폐와 동전, 그리고 우리나라 기념 화폐는 손녀에게 전달했다. 지구본으로 여러 나라의 이름을 익혀가고 있던 아이는 제 어미와 함께 모아보겠다고 반색을 했다. 제자리를 잘 찾아간 듯해서 박수로 내 마음을 전했다. 그 외 자질구레한 많은 물품들이 나를 떠나 필요한 사람들에게 옮겨졌다. 기쁘게 받아들여졌으니 새 주인과 함께 잘 살기를.

마음먹은 대로 상당한 부분이 정리됐지만 친정아버지 한문 서예 작품은 좁은 집에 펼칠 벽면이 마뜩잖았다. 액자, 족자, 병풍들이 한쪽 구석에 숨 쉴 틈 없이 처박혀 있다. 어떤 작품은 표구가 낡아서 해체되어 작품만 간직하고 있다. 후손들에게 새로 표구를 해서 건네주고 싶은데, 내 마음 같지 않다. 앞으로 내가 떠난 후 이 서예작품들이 사라질 운명에 처하면 어쩌나 걱정이 앞선다. 이렇게 미련이 남으니, 요즘은 정리 작업이 지지부진하다.

이승의 내 삶이 끝날 때, 누군가에게 부담 주지 않으려고 시작한 버리기 작업이 쉽지 않다. 버려야 할 것들이 더 많이 나타나 애가 타지만 삶의 마무리가 어디 쉽기만 할까. 남아있는 사람이 정리할 몫도 남겨둬야 하지 않을까. 서툰 변명으로 날 다독여 보지만 개운하지가 않다. 머리가 더 복잡해진다. 에라 모르겠다. 모든 것을 다 내려놓고, 비우고 덜어내는 일은 어려우니 마음 가는 대로 가볍게 실행해보자. 조금이라도 욕심의 그물에서 벗어나면 되지 않겠나. 현재 내가 소유한 것은 영원히 내 것일 수 없다는 걸 명심하자. 우선 비워도 비워도 비워지지 않는 이기심, 욕망, 집착을 떨궈 버려야겠다.

세상에 그저 얻어지는 삶이 어디 있으랴. 미련 없이 이 세상과 이별하기 위해 비우고 또 비우는 수련과정이 한참 계속되어야 할 듯하다. 이 세상 떠나는 날, 무얼 소유할 수 있겠는가.

모든 잎을 다 떨구고 서 있는 느티나무를 바라본다.

탈상

　"무궁화 꽃이 피었습니다." 술래가 된 나는 재빨리 고개를 뒤로 돌렸다. 그동안 남편은 내 시야를 벗어나 어디론가 숨어버렸다. 그가 있을 만한 곳을 다 찾아다녀도 도저히 찾을 수가 없었다. 시간은 흘러가고 막막함에 울음보가 터져서 멈출 수가 없었다.

　간밤의 꿈 얘기다. 서러움이 밀려온다. 계절병처럼 찾아오는 통증이다. 남편의 3주기가 가까워진 탓일 게다.

　그가 폐암 선고를 받았을 때, 의사선생님은 치료받지 않으면 1, 2년밖에 살 수 없다고 했다. 우리는 비탄에 잠길 여유도 없이 긍정의 힘을 믿으며 전문의의 지시에 충실히 따랐다. 처음엔 항암치료에도 불구하고 밥도 잘 먹었고, 틈나는 대로 운동도 게을리하지 않았다. 그는 두려움을 내색하지 않았고 아픔도 드러내지 않았다. 치료가 순조로운 듯해서 희망의 불씨를 지피며 이겨내리라 다짐했다. 우리의 기대는 얼마 가지 못했다. 무슨 까닭인지 병세가 갑자기 악화되기 시작했다. 발병 후 5개월도 버티지 못하고 황망히 먼 길을 떠나고 말았다. 삶을 외면하고 싶을 정도로 견디기 힘든 순간도 있었지만 무너지지 않으려고 안간힘을 쏟았다. 먼저 바람 빠진 의욕을 되찾아야 했고, 우리 가족이 행복해질 수 있는 묘약을 찾아야 했다. 우선 내가 할 수 있는 일을 찾아보았다. '웃자. 말하자. 만나자. 걷자. 읽자. 쓰자!' 모두 쉽지 않았다. 우리 집 애들이 책상 위에 슬그머니 갖다 뒀던 영성 관련 책자와 애도에 관한 도서가 눈에 들어왔다. 집중이 되지 않아서 힘들었지만 읽는 횟수가 거듭되자 내면에 가득 차 있는 마음의 소리들이 글로 튀어나왔다. 글은 위로가 됐고 무거운 짐을 내려놓는 데 도움이 됐다. 오랫동안 글쓰기가 계속되자 눈이 피로해져 자연스럽게 뒷산을 거닐게 됐다. 새소리도 듣고, 고운 꽃도 바라보았다. 산들바람이 머리칼을 훑으며 지나갔고 등산하는 사람들과 대화도 섞으며 세상과 소통하는 문을 열었다.

차츰 글 쓰는 시간이 늘어나 밤샘으로 이어졌고, 그의 빈자리에 남는 먹먹함과 생경함을 글로 풀어냈다. 존재하지 않는 그를 다시 불러내는 일은 참담한 일이었다. 겨우 다독여 뒀던 상실의 동통은 심신을 괴롭혔다. 대상포진, 눈의 이물감, 두통, 요통, 무릎관절통 등. 무엇보다 괴로운 건 가슴의 통증이었다. 이젠 그를 만져볼 수도 없고 바라볼 수도 없는데, 무엇을 위해 헛되고 허망한 이 일에 매달리고 있는가. 어차피 삶이란 죽음을 향해 가는 것. 현실을 직시하라며 날 달래며 써 내려 갔다.

힘겨웠지만 그와 동행했던 40년 세월을 1주기 추모집으로 엮어냈다. 출간 후, 그와 함께 걸어온 인생길을 되돌아보니, 그와 짝이 된 일은 행운이라는 생각이 들었다. 그는 가족에게 무한한 사랑을 베풀었고 유머가 풍부했으며 사람을 좋아했다. 뒤늦게나마 1주기 추모집 쓰기를 잘했다는 결론에 이르렀다. 글쓰기는 이해의 폭을 넓혔고 성찰의 시간이 되었다.

사부가를 엮어내고 그를 떠나 보내야겠다고 작정했다. 그동안 내 생각의 그물에 걸려 나 스스로를 감옥에 가뒀다. 미망인, 과부란 표현이 나를 지칭한다는 사실에 몸서리쳤다. 나의 내면세계는 복잡다단한 미로였다. 감정통제가 되지 않았고 홧증에 시달려야 했다. 바깥세계에서는 침착하다가도 내면으로 진입하면 날것 그대로의 나를 드러냈다. 그때마다 그와의 좋은 추억을 떠올리며 나를 다독이려고 애썼다. 그의 죽음을 수용하라며 내게 이르기도 했다. 얽히고설킨 내 삶에 질서가 잡혀야 했다. 가족과 더불어 살기 위해서는 그래야만 했다. 차차 변화가 찾아왔고, 나는 남편의 영정사진 앞에서 출입을 고하고, 하루 일과를 보고하며 어려운 일, 바라는 일이 생기면 도움을 청했다. 묘소에 가서 그의 안식과 평화를 빌었고, 후손의 발복도 기원했다. 유택을 찾을 때면 그를 대한 듯 반가웠고, 답답했던 가슴 속도 뻥 뚫렸다. 슬픔은 강물처럼, 기쁨은 구름처럼 흘려보낼 줄 알게 되기까지 시간이 꽤 걸렸다 싶어진다.

문득, 얼마만큼 내 삶이 허락될지 알 수 없다는 생각이 들었다. 무의미한 생명 연장하지 않기, 남편 곁에 합장하기, 추도식은 남편 기일에 맞춰 한 번만 하기 등의 생각이 스쳤다.

그러다 어느 날, 다산유적지에 가서 자찬묘지명自撰墓地銘을 보게 되었다. 다산이 회갑에 자신의 생애를 정리해서 문집에 실은 내용이었다. 지금까지 이 유적지를 찾아온 적이 한두 번이 아니었건만 그제야 이 글이 똬리를 틀어 마음에 자리 잡았다. 유언장이 됐든 자찬묘지명이 됐든 나도 삼 형제에게 뭔가를 남겨주고 싶었다. '나에게 잠깐 동안 맡겨진 삶이란 선물은 아름다웠다. 우리 모두 함께여서 더욱 행복했다. 저 세상으로 여행길 떠날 때 너무 슬

퍼하지 마라. 네 아버지 곁에 갈 수 있을 테니. 난 바르고 인정 나누며 살려고 애썼다만 부족한 부분은 너희들이 채우며 오순도순 잘 살아라. 살다 보면 시련과 고통이 따라올 때도 있을 거야. 그래도 그 순간을 사랑하렴. 힘든 순간이 지나면 한층 성장해 있는 걸 확인할 수 있을 거야. 너희들 삶이 뒤따라오는 사람에게 거울이 되었으면 좋겠다. 정말 사랑했어. 얘들아, 안녕!'

이렇게 적고 나니 내 삶은 죽음을, 죽음은 삶을 껴안고 어깨동무하고 있는 듯했다. 이젠 그가 보고 싶으면 사진첩도 들여다보고, 메아리 없는 대화도 나누면서, 아름다웠던 추억을 떠올리면 어젯밤처럼 현몽하여 볼 수도 있다. 또 술래잡기하는 꿈을 꾸게 될까. 그때는 그를 찾을 수 있을까.

삶과 죽음은 매듭으로 이어진 연속선이라고 했다. 이젠 죽음도 두렵지 않게 됐다. 마음속에 갑옷처럼 입혀뒀던 상복喪服을 벗어내고 밝은 세계로 걸어 나오련다. 세상을 더 사랑하는 일에 마음을 다하며 살고 싶다.

나 자신과 화해하며 평화롭게 지내는 일은 얼마나 가치 있는 일인가.

책 한 권 배낭에 넣고 앞산이나 뒷산 혹은 올레길, 둘레길 따라 걷다가 반듯한 바위 만나면 책 꺼내 들고 쉬어간들 누가 탓하랴. 산새, 구름, 꽃과 나무, 산들바람과 얘기도 나누다가 친구와 헤어질 때처럼 안녕하며 손 흔들고 돌아서는 일은 얼마나 천진스러운가.

누군가에게 부담 주지 않으려고 시작한 버리기 작업이 쉽지 않다. 모든 것을 다 내려놓고, 비우고 덜어내는 일은 어려우니 마음 가는 대로 가볍게 실행해보자. 조금이라도 욕심의 그물에서 벗어나면 되지 않겠나.

　　타임머신을 타고 시간 여행에 나섰다. 부하라에 이어 사마르칸트, 그다음
에 현대도시 타슈켄트로. 여행했던 거리만큼 이해의 폭이 넓어졌다. 이곳을
여행하지 않았더라면 이렇게 친근감이 생겼을까. 여행은 서로에게 다가가는
미덕이 있다.

3부

숲에 들다

장사도의 봄노래가 들리나요

남녘땅으로 봄마중하러 나섭니다. 이번엔 통영의 장사도입니다. 한려수도의 절경과 동백꽃 터널을 맘껏 대할 수 있다니 봄꽃처럼 부풀어 오릅니다. 그동안 통영을 예닐곱 차례 다녀갔지만 볼거리, 먹을거리가 풍성한 곳이라서 몇 차례 더 찾게 될 듯합니다. 통영은 문화와 예술, 역사 등 자랑거리가 많은 도시입니다. 청마 유치환, 박경리, 윤이상, 김춘수, 김상옥, 전혁림, 유치진 등 인물의 고장입니다. 충무공의 유적도 빼놓을 수 없는 답사코스이지요. 나전칠기, 손누비 같은 특산물도 유명합니다. 한려수도 중에서도 통영은 황금어장이며 미항입니다. 별미가 많아서 미식가들을 불러 모으기도 하지요. 향토 음식 중에 굴밥정식과 멍게비빔밥은 입에 착 달라붙고 도다리쑥국, 시락국, 갯장어와 탕, 전어회, 물메기탕, 멸치회와 충무김밥은 통영의 토속음식으로 알만한 사람은 이미 다 압니다.

이즈음엔 도다리쑥국이 제철 음식이죠. 선도가 좋아 시원하게 지리로 먹습니다. 고춧가루 넣지 않고 도다리, 쑥, 무, 미나리 넣고 끓이면 비리지도 않고 시원해서 맛 기행 한번 제대로 하게 됩니다. 도다리쑥국과 멸치회 등 해산물들로 차려진 아침을 든든하게 먹은 후 장사도행 유람선에 오릅니다. 엄마 품처럼 통영을 안고 있는 섬들의 풍광은 매혹적입니다. '한국의 나폴리'라고 사람들은 말하지요.

장사도 유람선의 선실은 북적거리는 장터 같습니다. 선실을 피해 계단을 오르니 유람선이 흰 물결을 토해내며 빠르게 내달리는 뒷모습이 시야에 들어옵니다. 답답했던 마음이 단번에 시원해집니다. 공중비행하며 새우깡을 잽싸게 낚아채는 갈매기의 묘기가 한창입니다. 새우깡 던지기에 여념이 없는 사람들, 사진 찍기 바쁜 이들, 깡충거리며 좋아하는 아이들 모두가 흐뭇한 그림을 만들어 냅니다.

시선을 멀리 두니 연필처럼 생긴 이색적인 등대가 나타납니다. 보통 흰색, 빨간색인데, 노랑, 주황, 초록 등대가 이채롭습니다. 흰색 부표도 둥둥 떠 있습니다. 바다목장입니다. 이게 다 굴 밭인데 어마어마한 규모입니다. 붉은색 부표도 눈에 들어옵니다. 흰색은 굴, 붉은색은 멍게양식장이라네요. 텔레비전에서 비슷한 장면을 본 적이 있습니다. 우리나라에서 생산하는 굴의 7할이 통영산이라고 하네요. 종패를 긴 줄에 묶어서 바다에 담근 다음 이태를 기다렸다가 수확한다고 해요. 고구마 줄기 모양으로 줄줄이 매달린 굴을 채취하는 모습도 신기했고, 박신장剝身場에서 아주머니들이 칼로 굴을 까는 손놀림은 현란했어요. 달인의 경지랄까요. 그들의 수고로 우리의 밥상에 굴이 오르니 큰절이라도 올려야지요.

한산도, 호두虎頭섬, 미인도, 소혈도, 죽도, 거제도는 장사도 뱃길에서 볼 수 있는 작고 큰 섬들입니다. 병풍처럼 둘러선 섬들, 그네를 타는 파도, 물고기 떼처럼 파닥이는 은빛 물결, 마음은 밝고 푸른 바다빛이 되고 맙니다.

넋 놓고 구경하다 보니 어느새 장사도 입구 선착장입니다. 섬 초입의 유도화와 돈나무 울타리, 백 살도 더 넘었을 듯한 동백나무와 후박나무들, 구실잣밤나무, 천연기념물 팔색조, 풍란, 석란은 이곳의 자랑거리입니다.

폐교인 장사도 분교에 이르니 교실 하나, 좁은 운동장에 수형이 잘 잡힌 소나무, 소사나무, 동백나무, 철쭉 등의 분재가 가득입니다. 줄넘기 소녀상 등 군데군데 조형물들이 우리의 옛 기억을 불러냅니다. 그 시절 누군가가 칠판 가득 써 놓은 분필 글씨도 정겹고 학교 종은 나를 사로잡습니다. "학교 종이 땡땡땡 어서 모이자. 선생님이 우리를 기다리신다." 리듬에 맞춰 종을 칩니다. 일행 모두가 초등학교 1학년이 되어 신이 납니다. 함박웃음을 막을 수가 없습니다. 초임지에서 병아리선생님이었던 나에게 1학년 담임을 맡겼습니다. 〈학교 종〉을 부르며 율동했던 그리운 그 시절로 돌아갑니다. 동화 같은 얘기들이 살아납니다. 한참 더 머무르고 싶지만 일행과 함께 떠나야지요.

섬 아기집으로 향합니다. 〈섬집아기〉 동요가 흐릅니다. 작고 아늑한 초가집에서 섬집아기마냥 바다가 불러주는 자장노래를 들으며 잠이 들고 싶습니다. 순수하고 고운 마음이 저절로 생기는 곳입니다. 세상잡사는 모두 잊고 실물 크기의 토우 앞에 서 있습니다. 하루의 고단한 일을 마치고 집으로 돌아가는 노부부의 편안한 모습입니다. 깊게 패인 주름에서 세월의 흔적을 봅니다. 그런데, '엄마가 섬 그늘에 굴 따러 가면 아기는 혼자 남아 집을 보다가…' 흐르는 동요 가사 내용과는 어울리지 않습니다. 아기 엄마가 어울릴 듯한데, 아쉬움이 남습니다.

무지개다리, 부엉이전망대, 승리전망대에서 한려수도의 크고 작은 섬들을 바라봅니다. 잔잔하고 푸른 바다 위에 조용히 엎드려 있는 섬들 앞에서 평화와 겸손을 배웁니다. 바다가 불러주는 자장노래도 들려오는 듯합니다. 떠나고 싶지 않습니다. 내 인생무대가 버거울 때는 이 바다를 불러와야겠습니다.

미로정원, 동백꽃 그림 전시회장, 맨발공원, 수석과 분재 그리고 양치식물과 관엽식물 온실, 12머리군상이 있는 야외공연장 등은 이곳이 수준 높은 문화해상공원임을 말하고 있습니다. 원하는 시간에 받아볼 수 있는 우체통도 나의 감성을 깨웁니다.

동백꽃 터널 입구 팻말엔 '별에서 온 그대'의 촬영지임을 소개하고 있습니다. 저마다 도민준과 천송이가 되어 사진 찍기에 바쁩니다. 한겨울에 피는 동백꽃이 아직도 지지 않고 예쁜 얼굴 드러냅니다. 동박새도 함께 담고 싶지만 무리한 욕심이겠지요. 목표가 이뤄질 때까지 기다림의 시간이 필요할 테니까요. 동백숲 바닥에는 온전하게 낙화한 꽃이 수북하게 쌓여 있습니다. 낙화한 동백꽃을 하트 모양으로 배열하고 돌절구나 찻잔에 띄워 꽃꽂이 작품으로 다시 살려냅니다. 동백꽃을 밟지 않으려고 징검다리 건너듯 조심하고 길섶에 모아둡니다. 김훈은 「자전거 여행」에서 '동백꽃은 떨어져 죽을 때 주접스러운 꼴을 보이지 않는다. 절정에 도달한 그 꽃은 백제가 무너지듯이 절정에서 문득 추락해 버린다'고 했습니다. 절창입니다. 동백꽃처럼 낙화한 사람이 떠오릅니다. 절정에서 추락한 동백꽃을 품에 안습니다. 그와 함께 찾았던 오동도, 거문도, 선운사, 백련사 동백나무 숲에서 꽃향연에 취했던 그날들로 돌아가고 싶습니다.

섬 일주를 마치고 선착장에 돌아와 심호흡하니 세상의 좋은 기운이 내 몸을 파고듭니다. 그런 기분입니다.

통영으로 돌아가는 유람선에서 눈을 감습니다. 탁 트인 바다가 가슴에 들어옵니다. 바다처럼 너른 마음으로 살아가라고 이릅니다. 좁아터진 내 마음이 열리며 후련해집니다. 그간 늘어난 고무줄처럼 탄력 잃은 마음에도 새봄이 찾아들고 생기가 돋습니다.

생활은 인생의 사업이지만 여행은 인생의 예술이라는 누군가의 말이 진리로 다가옵니다. 구름 가듯 물 흐르듯 내 영혼에 자유의 날개를 달아봅니다.

숲에 들다

청량하다. 삽상한 기운이 온몸을 감싸 안는다. 비가 개인 안면도 자연휴양림은 맑은 공기와 초록의 싱그러움으로 꽉차있다. 유월의 열기는 저만치 달아나고 시원한 바람이 솔향을 전해준다. 쭉쭉 뻗은 잘 생긴 소나무들을 바라보며 숲 속 산책로를 따라 걷는다.

청정한 기운과 숲 향기에 취해 계속 코를 벌름거린다. 우람한 소나무들의 숲, 새들의 맑은 노랫소리, 발길에 닿는 솔가리들의 부드러운 감촉, 홍송이 뿜어내는 피톤치드…. 동행한 문우들의 모습에서도 여유와 흥이 묻어난다. 안온한 휴식터에서 일상을 내려놓는다. 마음속에 엉겨 붙었던 감정의 찌꺼기들이 모두 떨어져 나간다.

부스스 문을 열고 나오는 기억이 있다. 그때의 숲 속 산책은 남편과의 갑작스러운 이별에서 비롯됐다. 상실감에서 비롯된 온갖 감정 덩어리들이 쉽게 떨어져 나갈 기미를 보이지 않았다. 그대로는 살아갈 수가 없었다. 벗어나야 했다. 아파트 뒷산을 오르며 풀과 꽃, 나무와 바위, 구름과 바람을 느끼며 천천히, 아주 천천히 걸었다. 아무에게도 할 수 없는 말들을 속삭이듯 내뱉으면, 그때의 바람, 그때의 산새가 말대답을 해 주었다. 산행을 이어가게 만든 건 그런 대답들 때문이었으리라. 오래오래 걸으면 오래도록 눈물 쏟기에 좋았다.

　마음자리 흔들림이 조금씩 줄어들 무렵, 산 입구에서 쑥부쟁이와 구절초를 만났다. 가만히 들여다보다가, 쓸쓸한 말벗에게 고마움을 전해야겠다는 생각이 들었다. "참 예쁘다." 말을 건네고 지긋이 웃음 지어 눈을 마주쳐 주었다. 그러다가 스스로 놀랐다. 얼마 만에 지어본 따뜻한 미소였을까. 예절로서의 미소가 아니라, 마음속 편안함에서 비롯된 미소라는 게. 별일 아닌 그 일이, 내게는 꽤 놀라운 일이었다. 머리 위를 올려다보았다. 숲 속 새들이 떠들썩하게, 하지만 청아하게 말을 걸어오고 있었다. 충만감마저 느껴지는 듯했다. 감사를 표하고 싶었다. 가슴 한복판 솟아오르던 불꽃을 감각하는 것보다, 그게 더 중요하다는 생각이 들었다.

　그때의 숲 속 오솔길에서, 나는 치유의 순리를 엿보았다고 생각한다. 고통과 쓸쓸함과 원망과 두려움은, 충분히 끌어안고 함께 울어준 후에야 제자리로 돌아갔다. 피하려 할수록 집요하게 내 품을 파고들어 떼쓰던 그 어린 감정들도, 안고 얼레고 쓰다듬어 달래주면, 기진하여 잠든다는 걸 알게 되었다. 사나운 기색이 풀어지려면, 내 눈물과 내 시간과 내 수고로움이 바쳐져야 하는 거였다.

　안면도엔 군데군데 쉬어갈 수 있게 마음 써서 설치한 벤치들이 많다. 그곳에 앉아있노라니, 녹음이 우거진 숲 속에 하얀 나비떼가 무리 지어 앉아있는 풍경이 눈에 들어온다. 들여다보니 조그마한 손잡이가 달려있는 하얀 바람개비꽃이다. 잎 위에 '차려' 자세로 하늘을 향해 서 있는 모습이 익숙하다. 단연 유월 숲의 주인공이다. 그 시절, 뒷산에서 보았던 친구들이기도 하다. 이렇게 고고한 친구들이, 퍽이나 지겹도록 내 말을 들어주었지. 괜스레 미안해진다. 내 수고로움이 사무치면, 이웃의 수고로움을 볼 수 없게 된다. 이 또한 피할 수 없는 것 아니겠는가. 내가 할 수 있는 일이란, 미안한 마음을 깨닫게 되었을 때, "미안해." 하는 일 고민하지 않는 것.

나는 오늘도 안면도의 찬 숲 속에서, 다 버리지 못한 속진을 또 덜어낸다. 아직도 덜어낼 마음이 남아있다는 자책조차, 내 욕심이리라. 나는 앞으로도 또 번뇌하고 또 조바심치며 덜어낼 찌꺼기를 마음에 남길 것이다. 이 또한 내가 살아 있고, 사람과 부대끼며 스스로 깨우치려는 노력을 하고 있다는 의미가 아니겠는가.

되는대로 숲을 찾아 나서야겠다는 생각이 든다. 그 시절 내 이야기를 숲이 들어주었던 것처럼, 이번엔 내가 먼저 그들의 말을 들어주어야겠다. 방금도 안면도의 백년송 등결이, 어루만지는 내 손에 속삭였다. 오랜 세월 물난리, 천둥 번개 피하며 잘 살아왔다고.

수필의 품에 안기다

사월 하순의 봄풍경이 화사하다. 만개한 분홍 철쭉 사이에 하 얀 철쭉이 눈부시다. 느티나무와 단풍나무의 새순도 꽃만큼 곱고 싱그럽다.

이 좋은 계절에 전국의 수필가들이 잔치를 치르러 군산에 모여들었다. 열 여섯 번째 맞이하는 수필의 날을 자축하기 위함이다. 이전에도 서울을 비롯 한 강릉, 여수, 경주, 수원 등 아름다우면서 역사와 전통이 어우러진 문화도 시에서 생일을 맞이했었다. 이번엔 4백 명의 한국수필 문학가들이 군산 예 술의전당 행사장을 꽉 채웠다.

○○○ 수필학회회장의 수필의 날 선언문이 깊은 여운을 남겼다. '…모든 고뇌와 기쁨이 정제되어/ 수필의 품에 뿌리를 내릴 때/ 우리의 삶도 빛날 수 있다…'고 낭독한 문장은 새삼스럽게 내 마음을 파고들었다. 그것은 내 이 야기이기도 했다. 가슴에 꾹꾹 눌러 담아야 했던 슬픔. 소중하고 아름다운 얘기들. 수필이 아니었다면 사라졌을 그 얘기들은 수필로 인해 내 삶에 녹아 들었다. 내 삶도 빛날 수 있도록 사람과 세상을 더 따뜻한 시선으로 바라보 려 한다. 인문학을 더 가까이하고, 문화예술과의 만남도 더 챙겨보려 한다. 무엇보다 나를 돌아보는 기도와 명상의 시간을 더 많이 가지며 아름다운 생 활인으로 거듭나는 수필가이길 다짐한다.

○○○ 문학평론가의 '군산 문화예술 속 한국수필'이란 주제의 세미나도 기억에 남았다. 군산문학은 신라 시대의 고운 최치원으로 거슬러 올라가고, 일제 강점기의 정만계와 차칠선 같은 시조시인에 이른다. 『만인보』의 고은 시인과 『탁류』의 채만식 소설가는 군산을 대표하는 문인이며 이 밖에 소설가 라대곤과 이근영 그리고 시조시인으로 김신웅, 이병훈, 심호택, 강형철이 전국적인 명성을 얻은 문인이라고 했다. 좀 더 시간이 할애되었더라면 하는 아쉬움은 있었으나 일정이 빠듯하여 어쩔 수 없는 듯했다.

이어서 작은 음악회가 열렸다. 색소폰, 드럼, 피아노 연주가 모두 대단했고, 재즈 가수의 기량도 인상적이어서 음악의 향연에 푹 빠져들었다. 문인들과 같은 공간에서 함께 즐기는 자체가 기분 좋았다. 박수를 유도하기 위해 어른 재롱둥이 두 사람이 무대에 튀어나와 연출한 퍼포먼스는 두고두고 기억난다. 우리는 손뼉을 치며 재미나게 웃을 수밖에 없었다. 행사가 끝나고도 한동안 머리에서 떠나지 않을 정도로.

이후에도 문학기행이 다양하게 펼쳐졌다. 금강철새조망대, 채만식 문학관, 근대 역사 박물관, 일본식 가옥, 동국사, 문효치 시인 생가, 고군산 열도 유람 등을 이틀 일정으로 소화했다. 좋은 곳을 되도록 많이 보여주려는 정성을 읽을 수 있어 좋았다.

나는 그동안 몇 차례 문인들과 함께 군산엘 가보았다. 군산의 속살인 골목골목을 누볐다. 영화 〈8월의 크리스마스〉 주 무대인 초원사진관이며 해망굴, 월명공원, 군산 근대역사 박물관, 채만식 문학관, 옛 군산세관, 근대 미술관, 옛 조선은행, 부잔교, 진포 해양테마공원, 대한통운 창고, 일본식 가옥과

절 등을 찾아다녔다. 군산은 역사교육의 현장이었고 전시, 공연, 예술 공간이 많은 문화도시였다. 놀거리, 볼거리, 먹을거리가 많은 관광도시이기도 했다. 새만금 관광단지, 고군산 열도 등 섬 여행도 있어서 누구나 찾아오고 싶어 하는 매력적인 도시였다. 실제로 우리가 찾아간 곳마다 전국의 관광버스가 줄지어 서 있었다.

이 많은 곳 중에 내가 가장 주목한 곳은 채만식 문학관이었는데, 그의 대표작품 『탁류』는 군산을 무대로 쓴 소설이다. 작품에서 그는 '금강에 흐르던 맑던 물도 군산에 오면 탁류로 변한다' 는 암시적 표현을 통해 식민시대에 억눌린 암울한 시민의 삶을 풍자로 풀어냈다. 혼탁한 물결에 휩싸여 무너지는 가족. 계속된 불행 속에 살인을 저지르는 주인공 '초봉'. 시대의 탁류에 맞서는 정계봉과 남승재. 가난, 싸움, 간통, 탐욕 등 무질서의 격류 속에 휩쓸린 식민시대의 사회. 오죽 기가 막혔으면 작가는 서해로 합류하는 금강을 '눈물의 강'이라고 했을까.

금강 하굿둑이 바라보이는 곳에 세운 채만식 문학관은 예전과 다른 모습이었다. 넓은 부지에 잘 가꿔진 백룽공원, 정박한 배 모습의 2층 건물인 문학관, 전시실과 자료실, 영상 세미나실이 있었다. 그곳에는 채만식 작가의 치열한 삶의 여정과 작품이 시대에 맞춰 파노라마 식으로 전시되어 있었다. 공원의 조경은 금강하구와 잘 어울렸고 문학 산책로에는 꽃길, 연못과 군데군데 세워져 있는 여러 정자와 알록달록한 감각적인 의자가 쉼터의 역할을 충분히 하고 있었다. 호남 곡창의 쌀을 일본으로 실어 날랐던 철도 일부를 옮겨와 문학 속의 현장임을 말해주고 있었다. 문우들과 함께 금강 하굿둑을 바라보며 공원 산책로 의자에 앉아서 사월의 공기를 마셔 보았다. 화사한 봄 느낌이 폐 속으로 들어왔다. 다시 돌아오지 않을 이날을 마음에 심으려니 마음이 바빴다.

이렇게 아름다운 공간을 마련해 준 군산시민. 채만식 문학을 기리며 향토 문화예술을 알리고자 하는 이들. 고마웠다. 수필의 날 행사로 인해 작품으로만 알고 있던 작가를 직접 만날 수 있었고, 문학의 길을 함께 걷는 이들과 세상을 얘기하고, 문화예술을 만나는 기회를 공유하였다. 이렇게 문인을 많이 배출한 고장에서 떠오르는 영감으로 더 좋은 수필을 쓸 수 있겠지.

우리들의 잔칫날이 마무리되었다. 수필의 품에 푹 안겨서.

열일곱 번째 수필의 날이 기다려진다.

생명의 땅 순천만 갈대숲

　　문우들과 함께 찾아온 순천만 갈대숲은 전국 각지에서 모여든 사람들로 넘쳐나고 있다. 오후 햇살은 금빛 날개로 갈대숲을 어루만져주고 바람 따라 일렁이는 갈대의 춤사위에 내 마음도 따라서 춤춘다.

　드넓은 갯벌과 갈대를 잘 보전하여 세계적인 연안 습지로 변모한 순천만 갈대숲은 십수 년 전만 해도 쓰레기가 버려졌던 땅이었다. 이제 철새들의 낙원으로 탈바꿈된 순천만 갯벌엔 새들의 먹이인 조개나 갯지렁이 등이 풍성해서 2백여 종이 넘는 새들이 서식하고 있다. 지금 이곳은 철새들이 펼치는 군무와 갈대숲을 보기 위한 사람들로 넘쳐나고 있다. 국내에서 겨울철 관광객이 가장 많은 명소라는 이곳 사람의 자랑 섞인 말이 빈말은 아닌 듯하다.

　순천의 동천과 이사천의 합류지점인 대대포구에서 순천만의 속살을 체험하기 위해 탐사선에 승선한다. 갈대밭 사이를 헤쳐나가는 배는 공작날개 닮은 하얀 물살을 남기며 기다란 S자 수로를 잘도 빠져나간다.

　물결의 흐름에 몸을 맡기고 유유자적하는 검은머리갈매기의 모습은 탐방객들에게 마음의 여유와 평화를 선사한다. 먹이를 찾는지 숨바꼭질하듯 머리를 물속에 처박고 있는 작은 물새는, 얼굴만 숨기며 숨바꼭질하는 서너 살 어린애처럼 귀엽고 사랑스럽다. 청색 머리띠를 반짝이며 유영하는 청둥오리의 아름다움은 햇살에 더욱 눈 부시다. 검불 속 어디선가 휴식을 취하고 있던 가창오리는 탐사선의 엔진 소리에 놀라 푸드득 하늘로 급하게 날아오른다. 탐사선에서 분출되는 소음과 매연은 이곳 갯벌 식구들의 휴식에 악영향을 끼칠 듯하다. 나는 자연과 화합하면서 더불어 잘 살아갈 수 있는 순천만 관광 프로그램이 개발되길 바라며 잠시 생각에 잠긴다.

그동안 대여섯 차례 이곳을 찾아왔었지만 탐사선이나 갈대숲 탐방로가 없어서 7만 평에 이르는 국내 최대 규모의 순천만 갈대 군락지와 8백만 평 갯벌, 희귀 조류, 염습지 생물을 제대로 볼 수 없어서 극히 일부분만 바라보며 늘 아쉬움을 남기고 발길을 돌려야만 했었다.

이제, 탐사선의 등장으로 국내 최대 흑두루미의 집단 서식지를 볼 수 있어서 얼마나 다행인가. 뻘밭에 긴 목을 빼고 무리 지어 서 있는 저 흑두루미는 천연기념물이자 시베리아의 혹독한 추위를 피해서 이곳까지 찾아온 진객 중의 진객이다. 또 천연기념물인 검은머리물떼새와 노랑부리저어새도 이곳 식구이다. 흑부리오리, 민물도요, 검은머리갈매기, 흰꼬리수리도 순천만 습지의 가족이다. 순천만 갯벌은 또 다른 생물들도 품고 있다. 짱뚱어, 농게, 칠게에게 영양을 공급해주며 염습지 식물인 칠면초, 퉁퉁마디, 갈대를 키운다. 이들은 폐기물을 처리하고 부영양화를 억제해 수질을 정화시켜준다.

이렇듯 수많은 생물을 키워낸 생명의 자궁인 순천만 연안습지가 우리나라 연안습지로선 최초로 람사르 협약에 가입되어 국제적인 물새 서식지로 인정받고 있다. 자연생태를 잘 보호하고 가꾼 많은 사람들의 노고가 오늘의 순천만 갯벌과 갈대숲을 이루게 했잖은가. 비릿한 바다 냄새도 나지 않고 공기는 청신해서 이까짓 추위쯤은 멀리멀리 달아난다.

탐조선이 반환점을 되돌아 나온다. 갑자기 검은머리갈매기떼가 하늘을 새까맣게 뒤덮는다. 화선지에 먹물이 번져나가는 듯하다. 괭이갈매기의 군무도 하늘을 무대삼아 펼쳐진다. 흐르는 강물과 뻘밭 사이를 오가던 새들의 비상과 순간에 방향 전환하는 비행술에 탐승객들의 와~! 와~! 하는 탄성이 하늘가에 맴돈다. 자연과 사람이 어우러진 생명력 넘치는 이 무대는 가장 아름다운 대자연의 예술세계가 아닌가. 철새들이 펼치는 에어쇼에 가슴이 뻥 뚫린다.

하선하여 갈대숲 탐방로로 접어든다. 새로 만들어진 나무 탐방로 덕분에 예전에 볼 수 없었던 갈대 품은 습지까지 속속들이 들여다볼 수 있어서 고마움이 느껴진다. 갯벌에 뿌리내려 왕성하게 제 영역을 넓혀나가는 갈대의 건강한 생명력이 내게 전해진다. 우울하거나 무력감이 고개를 쳐들 때엔 이곳을 찾으리라. 갈대숲이 이어지고 순천만을 조망할 수 있는 용산전망대가 보인다. 용산 위를 흐르는 구름, 갈대숲 주위를 맴도는 바람 소리, 철새들의 유려한 몸짓이 가슴을 쿵쿵 뛰게 하고, 하늘에 닿을 듯한 내 기분은 노래가 되어 절로 흘러나온다.

내 앞에 순천만의 갈대숲과 갯벌이 힘차게 살아 움직이고 있다. 태고의 자연이 소생하고 무수한 생명을 품고 있는 이 보금자리가 꿈틀댄다. 이곳에선 오감이 열리고, 갯벌이 오염물질을 정화시키듯 내 마음을 정화시키는 공간이 된다.

순수를 체험하며 생태관광 자원의 명소가 된 순천만의 갈대숲 둑방길로 나선다. 바람결 따라 갈대숲이 춤춘다. 약동하는 생명력이 바람에도 묻어있다. 머지않은 새봄에 이곳을 다시 찾아올 듯하다.

억새꽃 축제

낙엽이 거리를 휩쓸고 지나간다. 어디론가 떠나가고 싶은 계절이다. '민둥산 억새축제'가 날 유혹한다. 옛 동료들과 버스 타고 또 기차도 타면서 정선으로 향한다. 잠시 번잡한 도심을 떠난다는 이유 하나만으로도 마음이 부풀어 오르고 의미 없는 말 한마디에도 함박웃음이 터진다.

한참을 달리자, 차창 밖으로 가파른 산들이 나타난다. 원시의 자연림이 정선으로 들어왔음을 알려준다. 때 묻지 않은 풍경과 사람들이 강원도 땅임을 느끼게 한다. 소금강의 절벽 위에서 때늦은 단풍나무 몇 그루가 우릴 반긴다. 붉게 타오르는 고운 자태가 청옥색 물빛 속에도 잠겨있다. 소리 없이 흐르는 강물엔 아라리 가락이 흐르는 듯하다. '사시장철 임 그리워 나는 못 살겠네.' 저 단풍나무가 피워낸 선홍색 빛깔이 너무 강렬했던 탓이리라. 하필이 부분이 노래되어 나오다니.

민둥산 자락을 끼고 있는 마을에 이르니 산기슭마다 고랭지 배추가 탐스럽다. 실하게 잘 자란 배추 한 포기에 오백 원이라니 생산 원가도 건지지 못할 듯해서 농가의 한숨이 느껴진다. 증산마을 쪽이 아닌 발구덕 마을 쪽으로 오른다. 까다로운 산행이 아닌 듯해서 여유롭게 오른다. 허나 오르면 오를수록 1,117m의 민둥산은 결코 만만하지가 않다. 정상에 가까워질수록 숨이 턱 턱 막히고 땀이 송골송골 맺힌다. 이제 듬성듬성 무리 지어 있는 억새가 눈에 들어오기 시작하고 조금 더 오르니 시야가 트인다. 크고 작은 산봉우리들이 오르락내리락 끝없이 이어져 있고 억새로 온산이 가득 차 있다. 수만 평에 이르는 억새 군락지가 시리도록 푸른 가을 하늘과 맞닿아 있다.

민둥산 전체가 억새바다가 되어 바람결 따라 도도하게 물결치고 있다. 눈부신 늦가을 햇살 아래 넘실대며 춤추는 억새의 춤사위라니. 바람이 연출하는 억새의 군무가 시작된다. 민둥산이 일어나 춤을 춘다. 몸을 낮춰 대지 위에 입맞춤하다가 공손하게 두 손 모아서 받들어 올리는 억새의 몸짓이 예사롭지 않다. 박자를 달리해서 이어지다 끊어지고 이내 또 시작하는 저 동작은 살풀이춤이 아닌가. 한인지 그리움인지 애절함을 풀어내고 있다. 정중동, 동중정의 한 맺힌 자태에 눈을 떼지 못하고 있다. 바라보는 내게 일렁이는 바람이 속삭인다. '격정의 세월이 있었다면 나의 춤사위에 날려 보내라고. 초조와 불안도 이곳에 떨쳐버리자'고. 난 '바람에 순응하자. 억새에게 세상을 배우자'며 한쪽으로 쏠렸다가 다시 제자리로 돌아오는 억새의 바다를 응시한다.

정상의 표지석 부근에서 지인을 다섯 사람이나 만나고 보니 민둥산 억새축제의 유명세가 느껴진다. 이 축제가 우리나라를 대표하는 가을 풍경 중 하나가 된 듯하다. 달아오른 감정을 수습하고 지인들이 오른 증산마을 쪽의 등산로를 내려다본다. 그곳에도 봉긋봉긋 솟아난 작은 산들이 이어져 있고 은빛 억새가 민둥산 전체에 뒤덮여 억새 세상이 끝없이 펼쳐져 있다. 알록달록한 등산복을 입은 등산객들이 등산로를 꽉 메우고 있다. 이곳에서는 사람도 자연의 일부가 되어 아름다운 풍광을 만들어내고 있다.

오후의 햇살이 민둥산의 물결치는 억새 위에 금빛을 고루 뿌려준다. 햇빛과 바람이 연출한 억새의 군무는 더욱 눈부시고 황홀해진다. 은빛 억새가 금빛 날개를 달고 가을을 향해 손짓한다. 나도 늦가을에 피는 꽃이라며. 억새는 가을이 주는 또 하나의 선물이다.

외유내강의 억새에게 세상을 배우고, 억새의 군무에 전율하며 더 바랄 것 없는 풍족함을 맛본다. 이젠 하산을 서둘러야 할 시간이다. 춤추는 바람 소리에 공명하는 억새의 사각거림을 들으며 발길을 돌린다. '이젠 초겨울이 오겠구나. 그때까지는 은빛 억새가 이곳을 아름답게 지켜주겠지.' 생각하며 몸을 돌려 민둥산을 다시 올려다본다. '잘 있어라.'고 억새를 향해 손을 흔든다.

강릉과 소나무 숲

　　　　강릉은 내가 좋아하는 도시다. 지난달에 수필의 날을 맞아 강릉엘 왔었지만 단체로 행동을 해야 하기에 제약이 따를 수밖에 없었고 시간이 부족하여 아쉬움이 남았다.

　　그날 대관령 자연 휴양림의 소나무 숲 사이로 피어올라 하늘 위로 퍼져나가는 새벽 안개는 몽환의 세계였다. 그곳도 다시 보고 싶고 허난설헌 생가 뒤편 소나무 숲을 시간에 쫓겨 발자국만 찍고 온 일이 못내 아쉬웠던 터다. 또한 밤의 경포해수욕장에서 불꽃놀이도 해 보고 밤바다도 실컷 거닐고 싶었다. 오죽헌도 선교장도 경포호수 주변도 다시 산책하고 싶었다.

　　강릉의 문화유산인 강릉 단오제에 대해서도 더 알아보려고 한다. 세계문화유산으로 등재됐다고 박수만 치고 앉아있으면 안 되잖은가. 우리 문학회원들끼리 5월이 되면 한 번 가보자고 했다. 교사인 회원들은 학생들을 인솔해서 참여해 보자고도 했다. 이천 년 동안 이어온 전통문화가 꽃피울 수 있도록 풍악을 울리고 춤추며 행진하고 여러 가지 놀이로 신神을 기쁘게 해드리자고 했다. 인류가 보존해야 할 귀중한 축제로 등재되는 기쁨을 얻었으니 명실공히 세계인의 축제가 되기 위해 우리 모두가 발 벗고 나서야 한다고 뜻을 모았던 터다.

해서 휴가철을 맞아 다시 강릉을 찾았다. 이번에는 강릉을 속속들이 찾아 보겠다고 작정했다. 특히 내가 그리워했던 허난설헌 생가와 주변 소나무 숲에서 마음속에 낀 때와 상처를 모두 씻어 내고 편안해져 오리라 마음 먹었다. 나는 이번 강릉행까지 포함해서 열 번쯤 왔지 않나 헤아려 본다.

내가 처음 이 도시에 푹 빠져든 것은 꽤 오래된 일이다. 하얀 감자꽃이 필 무렵이었다. 그때 남편과 함께 강릉에 오게 됐는데 어떤 이의 권유로 초당두부마을에서 점심을 먹으려고 이 마을 입구에 들어섰다. 우리는 거기에 서 있는 입간판과 마주하게 되었다. '이곳은 우리 고장의 작가 신봉승 님의 집필 장소입니다. 크락숀 울리는 일을 삼가 주시기 바랍니다.' 라는 글을 읽게 되었다. 대하소설 「조선왕조 오백년사」를 쓴 작가 신봉승도 훌륭하지만 강릉 시민이 한 사람의 작가를 아끼고 존경하는 그 마음이 느껴져 감동의 물결이 오래도록 출렁거리다가 한참 후에는 숙연해지기까지 하였다.

신사임당과 이율곡 그리고 허균과 허난설헌의 고장인 강릉. 고전 문학의 향기가 짙게 배어 나오는 이 도시에 걸출한 문인의 탄생이라니! 필연일 수밖에 없었다. 도시 전체가 문인을 존중하고 배려하는 이 분위기를 어떤 도시에서 찾을 수 있을까. 나는 이 경험을 문인들과 나와 가까운 이들이 모인 곳에서 들려 드렸고 그들 또한 강릉이 더욱 좋아진다고 했다.

내가 강릉 중에서도 특히 선호하는 곳은 허난설헌 생가와 생가터의 토담을 끼고 이어지는 소나무 숲이다. 허균과 허난설헌. 오누이의 글재주는 비범한데 그들의 삶은 어찌 그리 불운한지. 그래서 더욱 글쓰기에 정진하지 않았나 싶기도 하다.

허난설헌의 이름은 허초희다. 그녀가 8세 때 쓴 '광한전 백옥루 상량문'은 그녀의 천재성이 돋보인 글이다. 중국에서는 그녀의 시를 '깨끗하고 높으며 곱고 장하다'며 여신동이라고 했단다. 허나 가슴 아픈 일은 15세 때 안동김 씨와 결혼하여 남매를 얻었으나 모두 잃고 그 후에 배 속의 아이까지 잃고, 고부간의 갈등도 심해 결혼 생활도 파국에 이른 일이다. 그것도 모자라 27세 에 요절이라니 한스럽고, 다 피지도 못한 채 낙화한 꽃송이가 애처롭다.

불행한 건 허균도 마찬가지다. 우리나라 최초의 한글소설 「홍길동전」을 써서 개혁, 저항의 상징이 되었지만 다섯 번 벼슬에서 쫓겨나고 세 번 유배 되는 불운을 겪었다.

허나 후세에 허균, 허난설헌 오누이에다가 아버지 허엽, 형 허성과 허봉까 지 허씨 5문장가라고 일컬으며 생가터에 오문장비五文章碑를 새겨 그들을 기 리고 있다. 사후에 그들의 이름은 찬란히 빛나고 있으니 조금은 위로가 되어 주었을까. 매해 9월 둘째 주에는 허균의 개혁 정신과 자유정신을 기리는 허 균 문화제가 열리고 음력 3월 19일에는 허난설헌의 문학정신을 기리며 문 학 강릉의 위상을 드높이고 있다. 한 맺힌 그들의 영혼이 달래지길 바라며 숲으로 들어선다.

허균과 난설헌의 생가 주변 소나무 숲은 꾸미지 않은 자연 그대로의 숲이 다. 이곳은 아름다운 숲으로 선정되어 어울림상을 받은 안온한 휴식터다. 이 곳에서 아름드리 소나무를 안아주기도 하고 천천히 걸으면서 솔바람 소리 를 듣는다. 누군가는 소나무에 바람 스쳐 가는 소리를 가장 맑고 아름다운 소리라고 했다. 솔바람 소리와 솔향에 취해 소나무 오솔길을 걸어보라. 새들의 청아한 지저귐, 소나무들이 뿜어내는 피톤치드의 청량감까지 더해져 이런 호사가 없다. 천천히 날숨을 토해내고 들숨으로 맑은 공기를 불어 넣어 폐부를 말갛게 씻어 내면 저절로 기분이 상쾌해진다. 꾸미지 않은 자연 그대로인 전통마을 숲은 한나절 내내 세상사 잊고 지낼 수 있는 휴식공간이다. 내친 김에 벤치에 누워서 하늘을 바라보라. 소나무 숲은 하늘에 펼쳐진 수묵화가 된다. 하늘가에 걸린 그림을 보며 "소나무야 소나무야. 언제나 푸른 네 빛…" 하고 노래하며 음악마당을 펼치면 세상이 이렇게 빛나 보일 수가 없다. 이 공간의 사물은 모두 나를 위해 존재하는 것만 같아 이곳을 떠날 수가 없다.

삽상한 솔바람이 계속 내 머리를 어루만지며 지나간다.

문향의 도시

　　강릉은 참 매력 있는 도시다. 찾을수록 더욱 그리워진다. 볼거리, 먹거리가 풍성하고 문화가 살아 있으며 인물 고장이다. 오만 원과 오천 원에서 마주치는 신사임당과 이율곡, 허균과 허난설헌 등 허씨가족 5문장가, 대하소설 「조선왕조실록」을 쓴 신봉승 작가, 조순, 최각규 등 현대사에 이름 석 자를 뚜렷이 올린 명망가들이 꼽을 손이 모자랄 정도로 수두룩하다.

　　가는 곳마다 문학의 향기가 배어 나오는 점도 빠뜨릴 수 없다. 산, 바다, 호수, 계곡을 품고 있는 이 도시는 발길 닿는 곳마다 명승 절경이다. 명승지마다 잘 생긴 금강소나무가 군락을 이루고, 그곳에서 뿜어내는 솔향은 기품을 더해 준다. 조선 시대의 지성 서거정은 강릉을 우리나라 절경 중의 으뜸이라고 했다. 그럴 만하지 않은가.

　　전통문화가 꽃피는 축제마당을 경험할 수 있는 문화도시이기도 하다. 세계 문화유산으로 등재된 강릉 단오제는 이천년 동안 이어온 축제 마당판을 열어준다. 풍악 울리고, 행진하며 춤추고, 관노 가면극, 제례, 마당굿 등 인류가 보존해야 할 문화행사가 다채롭게 열린다. 우리나라의 축제로서 성공했을 뿐만 아니라 각지에서 이곳을 찾아온 이들은 이곳의 먹거리 초당 순두부, 사천과줄, 감자옹심이도 즐겨 찾는다. 해서 나는 강릉을 다른 도시보다 더 많이 찾았고 고향처럼 그리워하게 되었다.

　문화 행정이 타 도시와 비교되는 강릉은 문인으로서 내게 감흥을 주는 문화예술의 도시이다. 이제 초당과 같은 걸출한 문인을 자랑스러워 하며 신봉승예술관을 마련하였고 문인들의 시비도 이곳저곳에 세웠으며 문인들을 기리는 행사 또한 정말 다양하게 열었다. 문인을 진정으로 아끼고 존경하는 시정 책임자와 문인을 사랑하고 배려하는 강릉 시민. 모두의 마음이 하나로 합쳐진 귀한 열매다. 오랜 세월이 흘러도 많은 사람이 누군가를 진심으로 그리워하며 추모하는 감성의 공유가 고맙게 전해진다.

　또한 대관령 옛길을 천천히 걸으면서 대자연과 함께 친구 되어 즐겨 보라. 새소리, 물소리 바람 소리. 나뭇잎 스치는 소리. 대자연의 교향곡에 흠뻑 젖어 시간 가는 줄도 모르게 되지 않을까. 저녁에는 대관령 자연 휴양림에서 하루를 묵으며 밤하늘을 바라보면 그 추억은 평생을 간직하게 되리라. 계곡의 기암괴석을 휘감다가 우렁차게 떨어지는 물소리, 노송 스친 솔바람 소리 들으며 하늘의 별과 달을 헤다 보면 한밤중에 모두는 시인이 될 것이다. 설풋 자다가 깨어난 새벽에 소나무 숲 사이로 퍼져나가는 새벽안개가 있어 몽환의 세계를 경험하는 일은 얼마나 신비한 일인가. 신선이 되어 안개 자욱한 새벽길을 문우들과 함께 걸었던 그 추억은 언제나 나를 그곳으로 데려다주며 시심에 젖게 한다. 시심을 깨워주는 자연환경을 대하면 나와 같은 얼치기 문인도 글쓰기를 하고 싶게 만드는 문향의 도시이다. 강릉처럼 문향 짙은 도시가 더 많아지면 세상이 좀 더 밝아지고 온기 가득하지 않을까

　솔향 강릉, 문향 강릉을 실감한 이 도시에서 나는 새로운 마음으로 다시

태어나려 한다. 소나무처럼 나이 들수록 기품이 더해지고 싶다. 더욱 열심히 글을 쓰며 '참 나'를 찾으면서 문향을 더하고 싶은 마음도 간절하다. 이젠 일상의 분주함 덜어내고 마음을 닦아 좋은 글을 써보리라. 밤새 글 쓰며 몰입하다가 어느 결에 내 곁에 내려앉은 아침을 감사로 맞이하리라.

기림사에 안개비는 내리고

경주의 기림사에 안개비가 내린다. 우산을 받쳐 들고 나를 에워싸고 있는 주위의 풍경을 천천히 둘러본다. 안개가 산허리를 감싸며 피어오르고, 구름은 금방이라도 해를 부를 듯 가볍게 떠 있다. 잔잔하게 부는 바람은 이마와 목덜미에 달라붙은 눅눅한 공기를 밀어내고 있다. 기림사를 편안하게 품어 안고 있는 산봉우리와 고즈넉한 절집 풍광에 매료되어 가슴속에 충만감이 차오른다.

산천경개에 마음을 빼앗기자 큰 사찰에 들를 때면 좌청룡, 우백호, 연꽃 형상을 짚어주며 명당이라고 말했던 남편이 떠오른다. 종교와 상관없이 절집과 풍경소리를 좋아했고, 가끔 불전에 지폐 몇 장을 밀어 넣으며 두 손을 모으고 기원을 담았던 그와 함께 왔더라면…. 이룰 수 없는 일에 집착하는 나를 바라본다.

여행을 좋아했던 우리는 방학이 시작되면 명승지를 찾아 나서는 때가 있다. 그때에 갈색 도로표지 안내판이 나타나면 즉흥적으로 찾아가곤 했다. 휴양지나 문화 유적지, 사찰 등을 알려 주는 고마운 길잡이를 칭찬하면서. 그래서 명산대찰을 많이 찾았지만 이곳 기림사는 그와 함께 와 보지 못한 곳이다. 아름다운 풍광, 맛난 음식, 좋은 물건 등을 보면 더욱 그가 생각난다.

왜 이렇게 미망에서 깨어나지 못하는가. 누구나 한번 왔다가 가는 것은 만고불변의 진리일진대 왜 이렇게 허우적대는가. 산허리에서 하늘을 향해 오르고 있는 저 운무도, 허공 가운데 떠 있는 저 구름도 해 나면 사라지기도 하고 다른 모습으로 변하지 않는가. 영원한 것은 아무것도 없다. 우주 만물도, 인간사도 변천무상이다. 부처님도 제행무상諸行無常을 설파하시지 않았는가. 흐르는 물도, 달도 모두 변한다. 돌이킬 수 없는 일에 집착하는 나를, 생사는 한줄기 연속선이 아니냐며 애써 위로하고 삼천불이 있는 법당으로 향한다.

각기 다른 모습의 삼천불은 중생을 위하여 우리 곁으로 와 있다. 가부좌를 틀고 앉아 있는 저 부처님들은 무엇인가를 내게 말할 듯 말 듯 신비로운 모습으로 다가오며, 자비를 구하라고, 침묵하라고 이르기도 한다. 또한 모든 것은 마음먹기에 달려 있다. 마음이 하느님이요, 부처님이요, 신이라고 전한다. 내 인식 너머의 다른 세계를 알지 못하기에 나는 서투른 해석으로 진리에 다가가지 못하지만 조금은 위로가 된 듯하다.

두 손 모으고 가신이의 명복을 빌고, 회심回心을 갖게 해달라고, 여행길이 순탄하길 기도하며 돌아서는데 법당 앞에 부처님의 얼굴을 닮았다는 불두화 앞에서 시선이 박힌다. 그의 모습이 꽃과 겹쳐져서 떠나지 못한다. '불두화야! 너는 이제부터 내 마음에서 지지 않는 꽃이 될 듯하구나.' 눈물이 볼을 타고 흐른다.

그는 나무와 화초의 이름을 상당히 많이 알고 있었다. 시골에서 어린 시절을 보낸 탓도 있었겠지만 식물에 관심이 많은 탓이라고 생각됐다. 내가 조금이라도 꽃과 나무에 대해서 아는 것이 있다면 그에게서 얻어들은 것이 대부분이다. 산과 들을 함께 다니면서 꽃과 잎맥을 들여다보고 줄기를 관찰하고 열매를 매만지며 애기꽃을 피웠던 옛일이 그리움으로 피어난다. 가만히 생각해 보니 결국 그는 살아 있는 생명체에 유난히 관심이 많았던 듯하다. 특히 사람에겐.

어떤 보살님이 법당 앞 감로수를 권하며 중병을 다스리는 감로수라고 했다. 물을 마셔도 목에 걸린다. 그가 떠나기 전에 마셔볼 수 있게 해줬더라면…. 질퍽이는 눈물이 볼을 타고 흐르다가 이내 가슴에 차올라 내를 이룬다. 그 물이 만병통치약도 아니련만 미련을 떨치지 못한다.

나의 모든 생각과 행동, 세상사가 이렇게 그와 맞닿아 있다. 언제나 손을 내미는 그의 기억들과 함께 살아갈 수밖에 없다. 아프지 않게 받아들이는 연습이 필요하겠지.

주차장 쪽의 일행을 의식하며 급한 걸음을 내딛는데 예전에 A 초등학교에서 인연 맺었던 선생님과 마주친다. 경주, 기림사, 그것도 돌아서는데. 조금 빠르거나 늦었더라면 만나지 못했을 텐데. 눈에 보이지 않는 어떤 힘을 느끼며 인연을 새기고 헤어진다. 옷깃만 스쳐도 인연이라는데 그녀와의 인연도 예사롭지 않다. 주어진 삶을 살면서 만났던 지금까지의 수많은 인연의 끈을 생각하며 또 언제, 어떤 세상에서 만날지라도 좋은 인연으로 이어지길 기대한다. 인연의 깊고 소중함을 느끼며 선업을 쌓으며 살아가겠다고 마음공부 하나 더 얹는다.

기림사의 풍경과 자연 속에서 남편과의 삶은 계속되고 있다. 나는 늘 그와 동행한다. 이제 좋은 일만 남았다며 그동안 그의 수고에 보답하려 했는데 떠나 버리니 한스럽고 애달파서 그럴게다. 마치, 어린 시절 모래성을 쌓고 놀다가 해거름에 엄마가 저녁밥을 먹으라고 부르면 쌓아둔 모래성을 무너뜨리고 집으로 돌아간 아이를 바라보는 느낌이다. 나는 더 놀고 싶은데, 그와 해보고 싶지만 시간이 없어 미뤄둔 일이 정말 많은데, 그는 나를 두고 다시는 돌아올 수 없는 길로 떠나고 말았다.

하지만 어쩌랴. 영원불후의 생명은 존재하지 않으니, 아쉬움 접어야지. 그와의 빠른 이별이 덧없고 서럽지만 오늘같이 그와 지냈던 행복한 순간을 추억하며 지내리라. 다른 세상에서 해후할 날을 기다리며 선업을 차곡차곡 쌓아 두리라.

경주 여인의 향기

경주는 다른 도시와는 사뭇 다르다. 천년고도에서 뿜어져 나온 숨결이라 생각된다. 도시 전체의 분위기는 말할 것도 없고 경주사람들의 품격은 내가 살고 있는 곳에서는 느낄 수 없는 우아함과 반듯함이 있다. 특히 서라벌 여인네들의 품위는 남다르게 느껴진다. 신라 천 년의 역사에서 여왕을 배출할 수 있었던 영향인지 알 수 없지만 분명히 고급문화와 열정이 숨 쉬고 있다. 일상이 된 차茶문화라든지 정원 가꾸기, 산야초를 이용한 음식문화, 바쁜 틈 내어 갖는 생활의 여유 등을 부러움으로 바라보게 하며 여건이 허락된다면 내 생활로 끌어들이고 싶다.

지금까지 경주를 몇 차례 다녀갔지만 이번처럼 이 도시를 내 안에 가깝게 맞이한 적은 없었다. 그동안 박물관, 석굴암, 불국사, 첨성대, 안압지, 포석정 등 역사탐방에 주력했고 경주 사람들의 생활 모습은 제대로 대하지 못했다. 이번에 좋은 기회가 생겨서 답사팀의 일원으로 경주에 오게 되었다. 일행 중에 경주에 연고가 있어서 그의 친구와 조카를 소개받았고 여행 중에 이곳 사람들을 제대로 만나게 되었다.

우리 답사팀은 맨 처음 경주 토박이 A를 만났다. 상큼한 인상, 세련된 옷차림, 구수한 경상도 말씨에 친화력 있는 매너는 처음부터 그녀에게 푹 빠져들게 했다. 육십 대 중반의 그녀는 나이를 가늠할 수 없을 정도로 젊었고 문제 해결력도 뛰어나서 시원시원하게 일 처리를 도와주었다. 그녀는 시와 수필을 쓰면서 경주시의 문화행사에도 깊숙하게 관여하고 있어서 우리 단체의 문학기행 행사도 어렵지 않게 도와주었다. 경주인으로서의 자긍심과 문화를 향유하는 사람의 느긋함과 사람을 좋아하는 인정이 두루 갖춰진 이름답고 매력 있는 사람이었다.

그녀는 우리 팀을 당신의 집으로 안내했다. 주변의 숲을 정원으로 끌어들인 이층 한옥은 그녀와 잘 어울리는 생활공간이었다. 그녀의 손길을 느끼게 하는 아름다운 꽃과 나무들은 자연석과 어우러져 한옥을 더욱 운치 있게 해주었다. 좁은 아파트 공간에서 생활하는 나와는 한 차원 다른 세계였다. 이런 고풍스러운 생활 공간을 볼 수 있는 기회가 쉽지 않다고 여기며 샅샅이 들여다보았다. 차를 다루는 공간의 다기는 양적으로나 질적인 면에서 상업 장소인 인사동 전통 찻집보다 훨씬 우위에 있었고 실내도 차 맛이 저절로 우러나올 것 같은 자연스러운 장식으로 잘 꾸며졌다. 편안하고 아늑함에 품위까지 더해져 조선 시대 양반가를 찾은 듯한 분위기에 젖어들었다. 내온 차와 떡에는 금방 따온 마가렛 꽃과 잎이 장식되어 입을 다물지 못하게 한다. 나 역시 우리 차 문화에 관심이 많은 탓에 한 수 아니 몇 수를 배웠는지 감탄과 찬사로 고마움에 답례한다. 수석이 진열돼있는 방, 고가구나 그녀의 자작시, 옛 문장가나 화가들의 서예와 그림 등에 매료되고 고차원의 문화를 향유하고 있는 다른 세상을 맛보았다. 우리나라의 옛 문화와 예술이 현대와 잘 조화된 생활 공간이었다.

그녀뿐만 아니라 어느 음식점의 B 여인은 맛깔스러운 음식을 우리 일행에게 제공해 주었다. 그냥 음식이 아니라 정성과 영양면에서 감동이 있는 음식이었다. 밀가루로 빚은 음식에 영양 만점의 자연식이 더해졌고 밑반찬의 색다른 맛은 호기심을 불러일으켜 재료와 제조방법을 묻고 솜씨를 언급하게 되었다. 그녀는 좋아하며 조금밖에 남지 않은 밑반찬을 일행 숫자에 맞춰 네 개로 나눠서 싸주었다. 우리는 또 고마워서 영농법인 대표인 그녀가 만든 칡조청, 엄나무잎 장아찌 등 밑반찬 몇 종류를 샀다. 우리는 그녀와 사진을 찍고 헤어지지 않을 것처럼 이야기를 이어갔다. 그녀는 음식 솜씨를 인정해 주는 우리에게 최대한의 호의를 갖고, 깊은 산 속에서 채취해온 음식 재료들을 자랑했고 정원을 가꾸는 재미도 들려줬다. 한밤중에도 나가서 하는 걸, 아무도 말릴 수 없다고 했다. 얼굴이 상기되고 목소리가 커지면서 신이 났었고 정말 행복해 보였다. 정말 그녀의 정원은 규모도 컸고, 조경도 뛰어났고, 꽃과 나무들이 잘 자라고 예쁘게 피어서 자랑할 만했다. 바위 사이에 빨갛게 익은 딸기도 먹음직스러워 보였다. 정자와 연못도 잘 꾸며져 있었다. 주말 시간을 송두리째 바쳐 정원을 가꿨던 영국 사람들이 떠올랐다. 그게 그들의 문화였다. 산야초를 캐오고, 영업장소에서 음식조리를 하고, 정원사가 되고 영농법인 대표 일까지 병행하는 그녀의 24시는 정말 고달플 것 같은데 그녀는 신명이 나 있다. 그녀의 삶을 통해서 나는 또 다른 삶을 배우고 있다.

여행을 통해 나는 현지인과 교감을 나누며 땀과 눈물의 소중함을 배우고 내 인생의 거울을 통해 내 삶을 비춰본다.

'생활이 인생의 산문이라면 여행은 분명히 인생의 시詩'라고 했던 말이 내 가슴에 코옥 박힌다. 힘겨운 삶을 버티게 한 그녀의 저력이 내 생활로 스며들 수 있을까.

사람을 통해 감동 스토리를 엮고 다니는 이번 여행에서 무엇보다 나를 놀라게 한 것은 무인 찻집이다. 논 한가운데 위치한 이 찻집은 정말 예쁘고, 꽃들이 만발한 정원은 이 집을 더욱 돋보이게 한다. 내가 본 경주의 집들은 한결같이 정원이 아름답고 정겹기까지 하다. 이 찻집은 빙 둘러서 논인 데다가 저녁 늦은 시간이어서인지 개구리 가족의 개굴개굴 합창 소리가 우리의 정서와 딱 어울려 밤새 머무르고 싶어진다. 이 무인 찻집에서는 먼저 차를 선택하고 정해진 찻값을 통속에 넣은 후 손님 스스로가 차를 우려내고 마신 후 그릇을 닦고 뒷정리까지 깨끗이 마친 후 떠나면 된다. 인간에 대한 신뢰가 없으면 이렇게 경영할 수 없을 텐데, 이런 착상을 한 주인은 어떤 사람일까. 이익에 연연하지 않고 좋은 분위기에서 차 마시는 공간을 제공하고 차 문화를 확산시키려는 의도로 시작하지 않았을까.

경주 사람들이 모두 좋아지고, 경주가 살고 싶은 도시로 떠오른다. 만약 다른 도시에서 이런 무인 찻집을 운영한다면 잘 유지될까. 괜한 걱정에 사로잡힌다.

이곳에는 산과 들의 약초와 허브식물, 식용꽃과 잎들을 말린 차들이 다양하게 유리병에 담겨 있다. 원하는 차를 선택해서 끓는 물에 우려내고 차를 마시며 담소하게 되어있다. 우리가 마음에 쏙 드는 방을 선택하여 들어가니 다탁과 다기는 주인의 높은 안목을 말해주고, 벽에 걸린 시·서·화는 어느 유명 전시회에 내걸린 작품과 비교해도 손색이 없을 정도로 상당한 경지에

121

이른 듯하다.

이곳으로 안내한 약사 C는 우아한 외모와 다정한 말씨로 우리를 사로잡았고 목련꽃차 등 쉽게 접하지 못한 몇 가지 차를 선택해서 잘 우려내 대접해 준다. 차 맛도 좋으려니와 차 다루는 솜씨가 예사롭지 않다. 바쁜 일상에서도 생활화되어 있는 듯해서 그녀의 삶이 풍요로울 거라고 짐작해본다.

경주에서 만난 다른 D, E… 여인들도 '산야초를 채취하여 음식을 만든다' 했고, 정원을 손질하고, 전통차를 마시며 여유자족하는 모습에서 많은 공통점을 지니고 있었다.

모두가 바쁜 생활인이었지만 그들의 삶을 사랑하며 그 나름의 여유를 누릴 줄 아는 '멋쟁이'들이었다. 그동안 살아온 세월의 토대 위에 세워진 그녀들의 삶이 내 마음으로 파고든다. 꽃이 가득한 방에서 흠뻑 향내를 맡은 듯하다.

지금까지 발자국을 찍었던 토함산의 정기도, 대릉원의 거대한 무덤들도, 문무왕의 수중릉도, 호국사찰 감은사 삼층석탑도, 푸른 동해도 안개 속에 가뭇없이 사라진다. 그 자리에 내가 만난 경주 여인들의 향기가 오래도록 남아 그녀들의 예찬가를 두고두고 부를 것 같다.

산수유 꽃물이 번지다

　　나는 봄을 애타게 그리고 있다. 계속되는 혹한과 폭설이 반갑지 않다. 몸도 마음도 추워져서 웅크리게 된다. 기압 탓일까. 서러워지고, 맥빠지고 정신줄이 헐거워지는 일이 잦다. 메마른 가슴에 봄바람을 불어 넣어 생기를 되찾고 싶다. 이럴 땐 남녘의 봄을 미리 맞이하러 여행을 떠나면 좋으련만. 여러 가지 복잡한 일들이 내 발길을 붙든다. 초록빛 생명을 잉태하고 깨어나는 남녘의 봄. 생각만으로도 위안이 될 듯하다. 나는 시간을 거꾸로 되돌려 행복했던 그 날들을 떠올린다.

　나는 추위가 채 끝나기 전, 우수가 지나고 경칩이 다가올 무렵이면 남녘으로 봄나들이를 떠나곤 했었다. 이때는 봄방학 중이라 여행할 수 있는 절호의 기회였다. 어느 해는 가족이 동행했고 다른 때는 친구나 동료 선생님들이 길동무로 나서기도 했다. 어둠 뚫고 세상 밖으로 얼굴을 내미는 새순과 얼음장 밑을 흐르는 계곡의 물소리, 봄비에 부풀어 오르는 흙, 살랑거리는 봄바람. 이 모든 봄의 전령사들이 움츠러든 나를 깨웠고 새 출발을 다짐하며 희망을 속살거렸다. 삼월 초, 새 교실에서 산뜻하고 힘찬 모습으로 어린이들을 맞이할 사전 준비였다. 활력이 넘치는 반 아이들과 호흡을 맞추려면 에너지를 비축해 둬야 했기에. 한 학기를 원더우먼처럼 잘 버텨나간 비결은 봄나들이의 공로가 아니었을까.

산자락에 잔설이 남아 있을 무렵, 겨우내 활동을 멈췄던 고로쇠나무들도 봄의 전령이 되어 힘차게 수액을 끌어 올린다. 이 고로쇠 수액은 골리수骨利水가 되어 뼈를 단단하게 해준다. 달착지근한 이 수액은 관절염, 위장병, 산후통, 피로회복, 변비, 신경통에 효험이 있다고 잘 알려져 있다. 팔 남매를 키웠고 두 해만 지나면 백수가 되는 우리 어머니의 유일한 보약이 되어 준 봄물이었다. 나도 그 옛날의 어머니처럼 광양 백운산 자락 동동마을을 찾아가곤 했다. 밤새워 이 수액을 일삼아 마시고 또 마셨다. 봄기운이 충전되어 새힘이 솟아나는 듯했다. 몸속의 노폐물도 깨끗이 씻어내고 무릎 관절염도 사라질 듯해서 고로쇠 수액 예찬에 목소리를 높였다. 흥겨운 얘기를 잇다 보면 산속의 밤은 깊어만 갔다. 그때의 일행 중에는 올해도 동동마을의 그 민박집을 찾아가는 이들이 있다. 정스럽던 민박집 아저씨도 그립고, 산나물을 가득 차려주었던 아주머니도 만나고 싶다. 그동안 세월이 참으로 많이 흘러갔다.

지리산 만복대 골짜기를 따라 내려가면 산수유 마을이 나타났다. 산동마을 전체가 마치 노란 등불을 켠 듯 환하게 밝았다. 아직도 새잎을 틔우지 못한 회색빛 나무들 사이에서 무리 지어 피어 있는 꽃들을 보며 그림을 그리거나 글쓰기를 하는 사람들도 정겹다. 축제 마당에 사람 구경하는 맛도 쏠쏠했다. 시냇물 따라서 양쪽 언덕에 쭈욱 피어난 꽃들에게 입맞춤하며 다가갔다. 다 해진 옷처럼 갈라지고 터진 나무 둥치에 묘한 연민이 생겼다. 나무를 안쓰럽게 어루만졌던 나를 웃으며 바라봤던 사람이 생각난다. 추위를 이겨내고 세상 밖으로 예쁜 얼굴을 드러낸 산수유꽃. 인생의 겨울을 아프게 맞고 있는 이들이 산수유를 보며 환한 모습을 찾았으면 좋겠다.

광양 청매실 농원의 수천, 수만 그루의 매화나무는 하얀 꽃봉오리를 터뜨리며 청초한 모습으로 우릴 맞았다. 광양 다압면 국도변의 청매, 홍매, 황매, 백매 나무는 다양한 빛깔로 새 생명의 탄생을 축하하는 듯했다. 지리산 자락의 얼음을 뚫고 흘러내려 온 섬진강물은 긴 겨울잠에서 깨어나 기지개를 켜는 산과 들의 소식을 전하고 있었다. 어둠과 고난을 인내하고 피어난 농원 언덕의 매화나무는 바람결에 그윽한 향기를 실어 보냈다. 시계추마냥 학교와 집을 오가는 내게 숨통을 틔워줬고 생기를 전하는 봄의 향기였다.

순천 금둔사 설선당 앞에는 두 그루의 매화나무가 서 있었다. TV 방송국 사진 기자가 이제 막 꽃봉오리를 터뜨리려는 홍매화 몇 송이를 근접 촬영하고 있었다. 다도해와 남쪽 땅을 정처 없이 찾아다니며 이른 봄꽃의 개화소식을 전하는 그들의 모습에서 전문가다운 투지를 엿볼 수 있었다. 시청자에게 좋은 작품을 전하기 위해 되풀이해서 찍어 댔다. 지칠법도 한데 끈질기게 노력하는 모습이 보기 좋아 한동안 바라보았다. 그들과 대화가 오갔고, 나는 장관을 이룬 여수 오동도의 동백림과 동박새 얘길 들려주었다. 선혈을 토해낸 듯한 꽃송이가 숲 전체를 덮고 있는 장관을 설명하기 바빴다. 그들은 내게 여수 향일암의 변산 바람꽃, 거문도의 수선화 등도 촬영했노라고 들떠 말했다. 겨울에 갇혀 있는 시청자들을 위해 새 생명의 탄생을 알리고 인내심과 생명의 경이로움을 전하고 싶었을 게다. 한두 주일 먼저 이른 봄꽃을 보게 하려고 제 맡은 소임을 다했던 그들도 나처럼 기대와 설렘으로 이른 봄을 맞이했으리라.

파종을 서두르는 농부의 마음으로 새 학년 새 학생을 맞이했던 그날들이 보석처럼 빛난다. 봄은 첫 만남, 첫 사랑, 첫 마음, 첫 수업 등의 첫 경험을 연상하게 한다. 상큼하고, 맑고 순수하다. 이제 묵직하고 암울한 분위기에서 벗어날 수 있을 듯하다. 깨어나는 남녀의 봄을 따라 찾아간 추억 여행이 큰 선물을 안겨준다. 추억의 조각이 많아서 알록달록 아름답다.

　봄바람이 살랑댄다. 부드러운 햇살이 나를 어루만진다. 내 마음에도 산수유 꽃물이 번진다. 봄나들이하기에 딱 좋은 날이다.

사막의 푸른 별

실크로드의 중심지.

세계 문화유산이 산재한 나라.

오아시스 도시문명을 발전시킨 나라.

이같은 우즈베키스탄을 언젠가는 꼭 가보리라 생각했다. 마침 한국과 우즈베키스탄 수교 20주년을 맞이해 타슈켄트에서 열리는 문학행사에 참여할수 있는 기회가 찾아왔다. 두 나라 문인들이 만나서 세미나를 개최하고, 작품발표, TV 인터뷰, 오찬, 민속공연 등 다채로운 행사가 잡혀 있었다. 도시 전체가 문화유산으로 등재되다시피 한 사마르칸트와 이슬람 문화의 보고寶庫 부하라를 답사할 수 있어서 더욱 마음이 끌렸다. 절친한 문우와 길동무가 되어서 부푼 마음으로 여행길에 올랐다.

우즈베키스탄의 타슈켄트에 도착하니 어둠이 짙게 내려앉아 있었다. 이곳 사람들의 말씨와 얼굴, 옷차림에서 이슬람 문화권임이 드러났다.

우즈벡 작가 협회와의 세미나, TV 인터뷰 등이 순조롭게 이뤄졌다. 우리 문인들의 방문으로 양국의 문화교류, 역사연구 등 다방면으로 교류가 증진될 것이라고 그곳 문인회장이 화답했다. 이곳 문인 중에 한인 3세 아니면 4세쯤 될 듯싶은 이들이 참석해서 반가웠다. 스탈린의 강제 이주 정책 탓에 연해주에서 살던 18만의 고려인이 삶의 터전을 빼앗기고 우즈베키스탄, 카자흐스탄 등 중앙아시아로 쫓겨났고, 지금의 우리를 반기는 사람들은 그들의 후예이다. 기댈 곳 없는 낯선 땅, 씨도 뿌릴 수 없었던 거친 자연환경에서 오직 살아야겠다는 의지 하나로 가혹한 삶을 견뎌냈던 그들이다. 지금 그 후손들이 부지런히 생업을 일구며 타민족보다 잘살고 있다니 자랑스러운 한편 안쓰러워 손이라도 잡아보고 싶지만 마음으로 대신했다. 세계 어디서나 우리 동포들이 고난의 세월을 불굴의 의지로 잘 버텨내어 한민족의 위상을 드높이고 있어서 자랑스럽다.

타임머신을 타고 시간 여행에 나섰다. 부하라에 이어 사마르칸트, 그다음에 현대도시 타슈켄트로 다시 돌아오는 일정이었다. 프로펠러 비행기로 1시간 이상 날아서 부하라에 도착했다.

신학교인 노디르 디반베기 메드레세와 쿠켈다쉬 메드레세가 좌우에 배치되어 있고 중앙에 연못이 자리 잡고 있는 곳으로 이동했다. 연못 주변엔 보호수로 지정된 오백 살도 더 된 뽕나무 두 그루가 어마어마한 풍채를 자랑하고 있었다. 한 그루는 3년 전에 목숨을 다해 고사목이 되어 비상하는 용 모습으로 남아있고, 다른 한 그루는 생명력을 자랑하며 이 도시를 지키면서 의연하게 서 있다. 부하라칸국으로 번영했던 시절, 그 후 여러 나라와 병합되고 분리됐던 시간, 구소련에 편입됐다가 독립을 맞이했던 세월 등 숨 가쁜 역사의 소용돌이를 온몸으로 체험한 산 증인이다. 부하라에 한때는 메드레세가 200여 개가 있었다지만 지금은 40여 개만이 남아 있다. 하지만 아직도 여기저기에 푸른 돔이 아름답게 빛나고 있었다.

노디르 디반베기 메드레세 정문 앞에 풍자시인 나스렛딘 호자가 말을 타고 익살스러운 표정을 짓고 있는 청동상이 서 있었다. 터키, 중앙아시아 여러 나라, 중국 신장까지 널리 알려진 문인이라 했다. 그의 재치와 유머는 우리나라의 방랑시인 김삿갓에 비견될 만한 인물인 듯했다. 과연 우리나라에서도 김삿갓이 이만한 대우를 받을 수 있을까. 시인을 가까이서 느끼고 시심을 돋게 해주려는 풍토가 부러웠다.

16세기에 지어졌다는 복합상가 굼바스, 9세기의 목욕탕 모두 앞선 문화라 생각하며 칼란 미나레트에 도착했다. 부하라의 어느 곳에서나 볼 수 있는 이곳의 상징물이었고 사막의 길잡이, 예배를 알리는 장소로도 사용하고 칼란 마스지드 성원과도 연결되어 있었다. 만 명 이상의 무슬림이 기도할 수 있는 중앙아시아 최대의 이슬람 사원이었다.

차슈마 아유브라고 부르는 욥의 샘, 아니 야곱의 샘에서 이곳 화폐인 '숨'을 영적 선물로 올려두고 우리 여행길의 안전과 길동무인 절친의 시력이 회복되길 빌었다. 특히 눈의 치료에 효험이 있다고 해서 간절히 기도했다.

부하라에서 사마르칸트로 가는 열차는 우리나라 통일호 같았다. 차창 너머로 뽕나무밭, 포도밭이 자주 나타났고, 소와 양 떼가 스쳐 지나갔고 거친 마른 나무가 듬성듬성 보이는 사막이 계속 이어졌다. 사막이 지루하다고 느낄 때쯤 사마르칸트에 도착했다. 분홍색 꽃을 달고 있는 자귀나무가 우릴 반겼다. 먼저 울르그벡 메드레세, 시르도르 메드레세, 틸랴카리 메드레세가

모여있는 레기스탄을 찾았다. 레기스탄은 모래땅이란 뜻이라고 했다. 울르그벡 메드레세는 짙고 엷은 푸른색 외관, 벌집 모양의 첨탑이 화려하고 웅장해 보였다. 시르도르 메드레세는 부하라의 노디르 디반베기 메드레세와 비슷하나 정면 아치 위에 있는 두 마리의 흰 사슴을 쫓는 사자와 사람 얼굴 모양의 태양이 떠오르고 있는 점이 달랐다. 틸랴카리 메드레세 외관엔 기운찬 태양이 모자이크로 꾸며졌고 내부엔 코란의 경구와 종유석이 화려했다. 양탄자 모양의 벽과 천장의 섬세한 나뭇잎과 꽃들은 푸른 별처럼 빛나 보였다.

비비하눔 모스크는 에메랄드빛의 돔이 아름다웠다. 티무르가 이슬람 세계에서 가장 웅장하고 화려한 성원을 짓겠다며 야심 차게 세운 건축물이다. 허나 그보다 전설 같은 얘기가 흥미를 더했다. 티무르가 4명의 왕비 중 가장 사랑했던 비비하눔과 페르시아 출신 젊은 건축가의 사랑 얘기가 전해지고 있었다. 이 건축가의 사랑을 피할 수 없었던 왕비는 볼에 키스를 허락했다. 전장에서 돌아와 이 사실을 알게 된 티무르는 왕비를 미나레트에서 떨어뜨려 죽게 했다. 젊은 건축가는 카펫을 타고 페르시아로 도망갔다는 황당한 결말이지만 얘기가 있어서 잊혀지지 않는 모스크다.

폐허 속에서 사라질 뻔한 유물을 발굴하여 옮겨 놓은 아프로시압 박물관이나 울르그벡 천문대 등 많은 유적이 모두 훌륭하고 화려했지만 나는 티무르의 손자 울르그벡에 대해 관심이 생겼다. 그는 사마르칸트를 문예부흥지로 만들었고 수학, 역사, 천문학, 문학을 발전시켰던 지도자였다. 그는 그의 메드레세에서 직접 신학생을 가르쳤고 '학문을 연마하는 것은 무슬림의 의무'라며 교육에 남다른 열정을 쏟았다. 학자들과 학문을 논했고 천문대를 세워서 연구에 힘쓰는 등 자연과학에도 관심이 많은 학자적 군주였다. 성군이라고 일컬어지는 우리나라 세종대왕과 비슷한 위상으로 이 나라에서 존경받고 있었다.

사마르칸트에서 열차를 타고 타슈켄트로 향했다. 이 도시는 해발 480m의 오아시스 지역이며 중계무역지로 치르치크강을 중심으로 발달했다. 천산에서 흘러내린 눈 녹은 물과 치르치크로 합류하는 물길은 타슈켄트를 녹지로 가꿔주었다.

먼저 우즈베키스탄에서 제일 규모가 큰 역사박물관에 들어섰다. 선사시대 문화를 이해하는 데 도움을 주는 유물, 실크로드의 전성기를 말해주는 동전이 주목할 만했다. 티무르 박물관은 우즈베키스탄이 소비에트 연방에서 독립한 후 정통성 회복을 위해서 꼭 필요한 곳이었다. 티무르는 중앙아시아를 호령했던 전쟁의 영웅이었다. 유목문화가 갖는 한계가 있어 전시물은 많지 않으나 그가 정복을 통해서 얻은 이슬람 건축 양식은 아치형으로 표현되어 화려하고 무게감이 강조됐다. 내부엔 금빛 색상과 다양한 문양의 타일을 사용했다. 토기와 자기를 이용한 타일은 모자이크 방식으로 건축에 활용됐다. 이전 중앙아시아에선 찾아볼 수 없었던 건축술이었다.

타슈켄트엔 이곳저곳에 다양한 박물관이 많았다. 다리가 아프게 많은 박물관을 찾아다니며 '앞선 문화를 꽃피게 했던 조상들의 은혜를 많이 받고 있구나' 생각했다.

이곳 특산물을 사러 타슈켄트 전통시장엘 갔다. 시장 건물도 돔 형태여서 이슬람 전통 건축물과 맥이 닿아 있었다. 기온이 섭씨 38도라고 했는데 훅 훅 볶는 날씨였다. 8월 하순이니 여름의 막바지라서 이 정도이고 일주일 전 테르미즈에선 섭씨 63도까지 올라갔다는 현지인의 말에 혀를 내둘렀다. 하지만 시장 안 그늘로 들어서면 시원해지고 참을 만했다. 이곳의 특산물인 견과류, 라뽀쉬카 전통빵, 목화꿀, 포도주, 기념품 몇 점, 우편엽서를 이곳 화폐 '숨'과 맞바꾸고 시장을 나섰다. 부하라의 시장에 이어 타슈켄트 시장을 또 둘러볼 수 있어서 우즈베키스탄이 더 정겹게 느껴졌다.

우즈베키스탄은 이전에는 경험해보지 못한 새로운 세계였다. 세계문화유산이 가득한 이 나라는 이슬람 문화권이면서도 대부분 히잡을 쓰지 않았고 수영장에서도 수영복을 입고 물놀이를 맘껏 즐기는 자유분방한 나라였다. 그들은 우리나라에 대해서 우호적이었고, 사진 찍자며 다가왔고, 우리나라 상품을 선호하며, 따뜻하고 친절했다. 신학교인 노디르 디반베기 메드레세 정문에는 '사람들은 서로 친분을 나눠야 한다'는 성구가 쓰여 있었다. 정을 나누기 좋아하는 우리나라의 정서와 닮아 있었다.

우리나라도 이 나라와 우호 관계를 잘 유지하고 있는 듯했다. 우리나라에서 타슈켄트 공항을 건설해 주었고 우리 국적기는 성수기 때 일주일에 8회 운항하는 가까운 나라가 되었다. 이곳의 제일 큰 목화솜 공장도 대우에서 건

설했다고 들었다. 이곳 어느 도시에서나 우리나라 자동차 라세티, 마티즈, 티코, 넥시아, 다마스 등이 줄을 이었다. 90% 이상이 우리나라 자동차라는 설명에 고무되어 V자를 그리며 환호했다. 우리나라 TV 연속극 대장금, 주몽, 장보고, 세종, 겨울연가, 여름향기 등은 황금시간대에 편성되어 주부를 비롯한 대다수 국민을 TV 앞에 모이게 한다고 했다. TV 시청하느라고 양 2마리를 도둑맞은 주인장은 '대장금이 고맙다'는 편지를 읽게 되었다는 우스개도 들을 수 있었다.

이번 문학 행사처럼 양국의 문화교류가 활발히 이뤄지고 역사, 스포츠, 산업 등 모든 분야에서 지금보다 더 많이 서로에게 도움을 줄 수 있었으면 좋겠다. 우즈베키스탄에서 여행했던 거리만큼 이해의 폭이 넓어졌다. 이곳을 여행하지 않았더라면 이렇게 친근감이 생겼을까. 여행은 서로에게 다가가는 미덕이 있다.

여행은 다리가 떨릴 때가 아닌 마음이 떨릴 때 하라고 했다. 나는 여행이란 말만 들어도 가슴이 뛴다. 그래서 나의 여행은 다리가 떨리지 않을 때까지 계속될 듯하다. 눈을 감으며 다음 여행을 꿈꾸어 본다.

천천히, 아주 천천히 걸었다. 아무에게도 할 수 없는 말들을 속삭이듯 내뱉으면, 그때의 바람, 그때의 산새가 말대답을 해 주었다. 산행을 이어가게 만든 건 그런 대답들 때문이었으리라. 오래오래 걸으면 오래도록 눈물 쏟기에 좋았다.

설풋 자다가 깨어난 새벽에 소나무 숲 사이로
퍼져나가는 새벽안개가 있어 몽환의 세계를 경험
하는 일은 얼마나 신비한 일인가.

　　고향 여수는 늘 아버지와 함께 떠오른다. 절정을 이룬 오동도의 동백꽃, 불붙은 듯한 장관의 영취산 철쭉, 아버지가 그토록 사랑했던 물맑고 아름다운 이 도시.

4부

아버지의 서첩

어머니의 분홍구두

지금 어머니는 걸을 수가 없습니다. 옆 사람의 부축을 받으며 휠체어를 타는 일조차 힘들어합니다. 어머니를 안아서 휠체어에 태워드리면 가슴이 아프다고 합니다. 삭정이처럼 마른 어머니의 몸은 힘들여 안아도 충격이 가해지는 듯 통증이 느껴지나 봅니다.

어머니의 고통은 우리 오빠의 병환으로부터 시작됐습니다. 사업을 하던 오빠에게 병마가 찾아들었고, 병색이 짙어진 오빠를 바라봐야만 했던 어머니는 하늘이 무너져버릴 듯한 상실감에 마음의 평정을 찾을 수가 없었습니다. 구순이 지난 어머니에게 오빠는 거의 신앙과 같은 존재였습니다. 어머니의 오빠에 대한 절대적인 사랑을, 우리 형제자매들은 알고 있기에 그 누구도 오빠의 병명을 알리지 않았고, 시한부 인생을 살지 않으면 안 된다는 절박함도 말하지 않았습니다. 오빠가 잘못되면 줄초상난다며 쉬쉬했지요. 하지만 세상 이치에 둔감한 분이 아닌지라 호흡하기조차 힘들어하고 여위어가는 당신의 하늘같은 장남이 오래지 않아 이 세상을 떠날 수도 있겠구나 판단하셨나 봅니다.

어머니는 자식을 앞세워 보내지는 않겠다고, 차마 그일을 어떻게 눈뜨고 보겠느냐면서 먼저 가겠다고 해남에 계신 어머니는 아무도 모르게 식사량을 조절하기 시작했습니다. 밥을 먹지 않아서 허기가 지면 음료수 등 가벼운 음식으로 겨우 연명을 했지요. 극단적인 방법을 택하지 않으면서 표나지 않게 식사 거부가 계속됐고 점점 기운이 소진되어 갔습니다.

결국, 어머니는 화장실 가다가 쓰러져서 골반과 고관절이 탈골되어 서울의 H 대학병원에 입원했습니다. 어렵게 수술을 받았던 어머니는 현실과 꿈속을 헤매며 상상 속에서 있었던 몽환의 세계를 현실인 양 우리에게 들려줬습니다. 우리에게 존댓말을 쓰기도 하고 평상시 어머니답지 않게 옆 침대의 환자에게 끊임없이 내 말 들어보라며 수다스러울 정도로 말을 걸었습니다. 눈앞에 작은 벌레들이 떼지어 날아다닌다며 쫓아내기도 했고 손을 계속 만지작거리며 불안해하는 모습도 보였습니다. 의료진은 연세 높으신 분의 수술 후유증으로 일시적인 현상이라며 우릴 안심시켰습니다. 얼마 후, 어머닌 약간 불안했지만 그런대로 가슴을 쓸어내릴 정도로 회복이 됐습니다.

그 당시, 오빠는 S대학병원에 입원했고 주말엔 어머니가 염려스러워서 찾아왔습니다. 그럴 때면 거칠게 숨 쉬며 힘들어하는 나의 오빠를 보며 가슴은 타들어 갔고 당신 아들이 치유될 가능성이 희박할지도 모른다는 불안감에 두 눈을 감아버렸습니다. 수술을 받아서 그런다며 회복중임을 강조해도 한밤중이면 어김없이 화병火病이 나서 가슴을 치며 답답해 하셨습니다. 가슴에 불덩이가 치솟아 오르고 숨이 멈춰버릴 듯한 증세였습니다. 왼쪽 다리를 움직여선 안되는데 밖으로 뛰쳐나가려고 해서 재수술을 해야 하는 상황을 맞을까 봐 우리는 물론 의료진도 초긴장 상태에 들어갔습니다.

어머니의 가슴 속에 들어있는 지옥을 바라보며 우리들은 소리나지 않게 어머니를 부르며 눈물을 삼켰습니다.

언니와 나, 동생은 스킨십이 가장 좋은 치유책이라 생각하며 어머니의 볼과 우리들의 볼을 비비며 어린애처럼 행동했습니다. 어머니는 "사랑한다. 내 딸아!" 하며 살갑게 다가왔습니다. 우린 손과 발을 문질러드리기도 했고 옷 속으로 등을 쓰다듬기도 하면서 "어머니, 사랑합니다." 하고 되뇌었습니다. 어쩌다가 대소변을 치우면 깔끔하고 단정한 어머니는 자꾸 "못 볼 걸 보여 줘서 미안해" 하면서 얼굴을 돌렸습니다. 어머니가 우리 어렸을 때 해주시던 일을 이젠 우리가 되갚는 거라고 해도 침묵으로 일관했습니다.

자존심 강하고 누구에게 신세지는 일을 싫어해서 하나를 받으면 둘, 셋으로 되돌려줘야 마음 편한 우리 어머니가 지금의 상황을 어떻게 받아들일지 짐작하고도 남음이 있었습니다. 그래서 더 눈물이 났습니다. 나이가 들면 눈물이 헤퍼지나 봅니다.

그 후, 남동생 집으로 퇴원한 어머니는 스무 시간을 의식 없이 수면상태에 빠졌다가 눈을 뜨고선 내가 누구냐고 물으면 "몰라" 하는 등 안타까운 순간을 맞이하게 했지만 다행히 더디지만 조금씩 좋아졌습니다.

어떤 때는 미국 형부에게 한 달 간 휴가를 받아온 둘째 언니와 나는 어머니를 바라보며 어머니의 애창곡을 불렀습니다. '세모시 옥색치마 금박 물린 저 댕기가 창공을 차고 나가' 어머니는 가슴이 시원해진다며 〈그네〉를 끝까지 따라 불렀습니다. 분위기가 무르익자 내 주특기가 발동해서 동요 메들리가 계속됐습니다.

'푸른 하늘 은하수 하얀 쪽배에'

'올해도 과꽃이 피었습니다. 꽃밭 가득 예쁘게'

'깊은 산 속 옹달샘 누가 와서 먹나요'

'날 저무는 하늘에 별이 삼형제 반짝반짝 정답게' 등등.

나와 언니가 함께 노래와 창작무용을 하면 어머니는 동작을 끝까지 따라서 했습니다. "백점!" 하면서 손뼉을 치면 어린애처럼 기뻐했습니다. 예순이 넘은 두 딸이 어머니 앞에서 재롱잔치 하는 모습을 보던 올케가 반의지희斑衣之戱가 따로 없다면서 웃었습니다. 늙으신 부모의 마음을 기쁘게 해드리려고 알록달록한 색동옷을 입고 기어가며 논다는 뜻이라고 하더군요. 어린 학생들에게 한문지도를 하며 어머니를 지극정성으로 돌보는 올케의 효성을 우리가 어떻게 따라가겠습니까. 작은 올케는 그전에도 이웃과 지역사회에 봉사활동을 많이 했던 착하고 올곧은 사람입니다. 어머니 모시는 일도 자청했던, 요즘 보기 드문 효부입니다. 올케를 본받았음인지 조카도 '할머니의 비서'를 선언하며 할머니의 손발이 되어줍니다. 남동생네 식구의 효심 덕분에 어머닌 이젠 힘들지만 휠체어를 타고 바깥 구경을 할 수 있게 되었지요.

며칠 전, 우리 내외와 동생 부부가 휠체어로 어머닐 모시고 바람 쐬러 나갔습니다. 점심을 먹고 어머니의 기분 전환을 위해 쇼핑매장에서 분홍색 모자를 사드렸습니다. 어머니는 가볍게 지나는 말투로 신발을 사볼까 하셨지만 우린 무심하게도 걸을 수 있을 때 사드리겠다고 했습니다.

집에 돌아와서 곰곰이 생각해 보니 그건 걸어보겠다는 의욕이고 희망을 붙드는 일이었는데 그 싹을 자른 거 같았습니다. 가끔 '지루하다, 가고 싶다' 던 어머니가 생명의 심지를 겨우 붙들었는데 돋아주진 못해도 그 마음을 헤아리지 못한 미욱함에 얼마나 마음이 아렸는지 모릅니다. 늦게서야 그 작은 불꽃을 살려드리려고 마음이 다급해졌습니다. 굽이 높지 않은 것, 발이 편한 신발, 예쁜 색깔 등 조건을 맞추면서 많은 신발 가게를 기웃거리다가 분홍구두를 찾아냈습니다. 숙제를 정성껏 마친 학생이 선생님의 칭찬을 기다리듯 어머니의 마음에 쏙 드는 신발이길 바라며 분홍색 구두를 보듬었습니다.

이 구두를 신기만 해도 어머니의 보행이 가능해질 것 같아 마음이 바빠집니다. 분홍색 구두를 신으며 기뻐하실 어머니를 떠올리며 주말을 기다립니다.

어머닐 뵙고, 새봄에는 분홍구두 신고 봄나들이 가자고 말해야 겠습니다.

'세모시 옥색치마 금박물린 저 댕기가 창공을 차고 나가…' 어머니의 애창곡을 부르며 손잡고 가자고 말입니다.

어머니와 재롱잔치

'엄마, 엄마 이리 와 요것 보셔요. 병아리떼 종종종 놀고 간 뒤에 미나리 파란 싹이 돋아났어요…' 내년에 백수白壽를 맞이하게 될 어머니와 나의 형제자매들, 올케, 조카들이 함께 동요를 부른다. 〈어린 송아지〉, 〈작은 별〉, 〈학교 종〉, 〈산토끼〉, 〈고향의 봄〉, 〈오빠생각〉…. 스트레칭이 필요한 어머니의 건강을 위해서 큰 동작으로 율동하며 재롱잔치를 한다. 피곤한 어머니의 얼굴엔 언제 그랬냐 싶게 화색이 돌고 컨디션은 최상으로 바뀐다.

7년 전, 어머니는 대퇴부 탈골로 대수술을 받았고 그 후유증으로 건강이 기울기 시작했다. 수 년 전에는 고관절, 척추, 쓸개 수술을 연이어 받았고, 저혈당으로 생사의 갈림길을 넘나들면서 섬망譫妄 증세도 찾아왔다. 회복되는가 싶더니 언젠가부터 시간, 공간 기억력이 사라지고 최근 기억부터 희미해지기 시작했다.

그런 어머니에게 가장 좋은 치료제는 '재롱잔치'였다. 기분이 저조하고 꿈속을 헤매는 듯한 몽롱한 표정을 짓다가도, 재롱잔치 앞에서는 어머니 표정도 달라지면서 신바람 모드로 변한다. 노래 잔치가 오래 지속되다 보면 우리가 잠시 휴식을 취해도 당신 혼자서 단독공연을 이어간다. '퐁당퐁당 돌을 던지자. 누나 몰래…' 얼마나 열심히 가무를 즐기는지, 할 수 없이 쉼을 중지

하고 합동 공연을 계속한다. 다음엔 어머니가 여학교 시절에 애창했던 가곡으로 채워진다. 〈바위고개〉, 〈그네〉, 〈그집 앞〉, 〈보리수〉, 〈들장미〉, 〈아 목동아〉, 〈스와니강〉…. 애국가도 정확히 가사를 기억하고 있어서 선곡한다.

10년 전, 미수잔치 때만 해도 얼마나 곱고 정정했는데 왜 이리 몹쓸 병이 들어서 가슴 저리게 하는지. 장수가 축복이 아님을 내 어머니를 통해서 느껴야 하는 그 불효를 어찌 감당하게 하는지.

팔 남매 교육을 위해서 팽팽한 날줄 위에서 긴장하며 사셨던 어머니였다. 아버지의 잦은 사업 실패로 가정 경제는 기울대로 기울었다. 그 환경 속에서도 자식 교육이 최우선 순위인 어머니는 서울 등 대도시로 유학을 보냈다. 한둘도 어려울 텐데 팔 남매를 모두 공부시켜야 했으니 그 고충이 오죽했을까. 자식 교육이라면 내 몸 아끼지 않았던 어머니의 값진 희생 덕분에 우리는 그런대로 사람 구실 하며 잘살고 있다.

어머니는 우리의 대지였다. 아낌없는 나무가 되어 가진 것 다 내어주고, 어린애로 돌아간 어머니는 스스로를 쓸모없고 초라한 육신이라 여기며 빨리 데려가 달라며 기도하고 있다. 어머니의 남은 삶을 곱고 편안하게 해드리고, 무엇보다 사랑받고 있다는 걸 인지하게 해야만 했다. 어머니를 뵐 때마다 양팔 벌려 끌어안고 감싼 팔을 풀지 않은 채 이쪽저쪽 뺨 비비고 뽀뽀도 한다. 그러면 딸들이 최고라며 흐뭇한 웃음을 보낸다. 남동생 부부는 서운할 법도 한데 도통한 사람마냥 사진 찍거나 동영상을 촬영하고 재생하기도 한다. 우리 가족의 평화는 이들 부부에게서 비롯된다. 감사하고 미안하고…. 이들을 위한 기도가 저절로 나온다.

어머니의 건강 상태는 우리들의 재롱잔치 횟수에 비례하여 좋아진다. 한 주일 만에 뵈러 가면 반색하며 기뻐하고, 두 주면 눈물이 고이고, 삼 주째가 되면 아들을 동생으로 착각하는 등 퇴행 현상이 심하게 나타난다. 내 동생은 자주 오라고 하지만 사는 일이 녹록하지가 않다.

지금 어머니는 원초적인 정서기억만 뇌 중앙 깊숙한 편도체에 저장해 두고, 따스함, 즐거움, 두려움과 분노 등 감정과 관련된 기억만 재생하고 있다.

어느 날, 어머니는 병세가 깊어져서 '부엌에서 불났다'고 외쳤고, 또 다른 날은 '너희 아버지 수의 입혀 드려야 한다'며 걱정했다. 어머니의 대뇌피질에는 고향 집 화재와 남편의 죽음이 가장 충격적인 사건으로 묻혀 있었던 듯하다.

동생 부부가 안쓰러웠다. 고심 끝에 어머니를 요양병원에 모시자고 권했다. 막내 올케는 어머니가 우릴 알아보지 못하거나 자신이 감당할 수 없을 때 고려해 보자며 논의 자체를 차단했다. 가족이 상의해서 결정할 일이었다. 그렇지만, 지금까지 사랑과 정성으로 어머니를 모신 동생 부부의 말에는 무게가 느껴졌다. 가장 큰 수고를 감당해야 하는 올케가 거부하니 우리 형제들은 할 말을 잃었다. 올케는 오히려, "어머니가 건강하고 빈틈없을 때는 다가가질 못했는데 지금은 가까워져서 좋다"고 하였다. 그녀의 겸손과 이타적인 삶이 마더 테레사 수녀님을 떠올리게 했다. 달관한 사람의 여유가 보였다. 연꽃 같은 삶이라고 불러도 좋을까.

올케는 한글 서예, 노장사상, 한문 공부에 힘쓰며, 초등생에게 한문 지도하는 올곧고 넉넉한 인심의 소유자다. 요양보호사 자격증을 취득해서 어머니를 정성껏 돌보는 그녀는 날개 없는 천사다. 눈매가 선하고 수줍음이 많은 올케에게 이 세상에서 받을 수 있는 모든 복이 쏟아져 내렸으면 하는 바람을 가진다.

꽃을 좋아하는 어머니 방엔 꽃가게를 차려뒀나 싶고, 꽃 축제가 열리면 휠체어에 어머니를 모시고 어디든지 나선다. 답답한 어머니께 기분전환시켜 드리려고 세상구경, 꽃구경하며 전국을 순례한다. 고양 꽃박람회, 윤중로 벚꽃축제, 이천 산수유꽃 축제, 청남대 꽃잔치, 함평 나비축제, 충주호반 주변, 제주도, 여수, 순천, 벌교, 해남, 강진, 광양, 하동, 을왕리와 소래포구, 인천 세계도시 축전, 인천대교 개통식, 강원도 일대 등. 어느 누가 흉내라도 낼 수 있겠는가. 지칠 법도 한데 즐겁게 다녀오는 것이 놀랍다. 마지막 여행길이 될지도 모른다며 어머니의 80년 지기 여학교 친구와의 상봉을 위해서 길을 떠나기도 했다. 이쯤 되면 어머니를 위한 구도의 길이요 순례의 길이란 생각이 들었다. 어머니가 기억하지 못해도 효자와 효부의 정성은 하늘에 닿아 있으리라. 어머니와 이들 부부의 인연은 1만 겁 이상을 뛰어넘는 것이 아닐까. 여의도 벚꽃 구경 후, '이젠 죽어도 여한이 없다'던 어머니. 어머니는 곧 잊겠지만 내겐 잊혀지지 않을 선물이다.

아버지 36주기 추도식에서 어머니와 함께 합창했던 '나의 등 뒤에서'가 떠오른다. 나의 인생길에서 지치고 힘들 때 어머니와 온 가족이 함께 개사해서 불렀던 이 노래를 기억하리라.

"나의 등 뒤에서 나를 도우시는 어머니(주)…. 주저앉고 싶을 때 나를 밀어주시네."

그날 어머니는 장거리 승차에서 오는 피로감도 잊은 채 노래에 몰두했다. 음악이 어머니의 영혼을 위로하고 사는 것이 힘들다는 어머니에게 구원의 손길을 뻗어주었다. 어머니와 함께 벌이는 재롱잔치는 퇴행현상이나 아픔까지도 치료해주는 단방약이자 마법의 주문이다.

얼마 전, 나는 어머니를 정점으로 팔 남매와 자손들 모두 69명의 대가족 이야기를 담은 『김득평 서예집 그리고 가족나무』 책자를 출간했다. 각자의 삶이 드러난 사진, 저서, 그림, 편지, 상장, 훈장, 자격증, 수필, 시 등을 담았다. 그곳에서 사라져 가는 기억 조각을 붙들지 못하고 어린애가 되어가고 있는 어머니가 아닌, 본 모습의 어머니가 드러나 있다. 30년대 여학교에서 농구부 주장을 했던 신여성의 모습, 정치 9단이라는 별명으로 불리던 사연, 자녀 교육을 위해서 가시밭길도 마다하지 않았던 모성도 녹아 있고, 어려운 이에게 손 내밀었던 인정도 조명되었다. 출간기념회에서 우리 대가족은 〈어머니 은혜〉를 합창했다. '낳으실 제 괴로움 다 잊으시고 기르실 제 밤낮으로 애쓰는 마음 진자리 마른자리 갈아 뉘시고…' 어머니는 우릴 사랑하기 위해서 세상에 태어나신 듯 살아왔다. 하지만 헌신과 희생으로 평생을 살아온 어머니는 당신의 흔적들을 계속 지워가고 있다. 한 아름의 사랑과 감사의 마음을 담아 합창해도 어머니는 곧 잊겠지만 내 가슴에는 사진처럼 남아있을 게다. 어머니를 위한 우리들의 재롱잔치는 얼마나 계속될 수 있을까.

손해 본 듯 살아라

❋

　　　어머니는 우리 팔 남매에게 늘 손해 본 듯 살라고 하셨다. 내 이익에 앞서 남을 배려하면서 서로 돕고 살라는 뜻이 담겨있지만 눈 감으면 코 베어 가는 세상에 그렇게 살아도 될까 하고 생각했던 적이 있었다. 그렇지만 격변기 우리나라의 역사를 온몸으로 부딪히며 살아온 어머니의 세월은 주위의 어려운 이들을 돌보는 일에 눈뜨게 했으리라. 그때 우리 어머니의 품은 넉넉하고 따뜻했었다. 하지만 지금 우리 어머니는 바스러질 것 같은 여윈 모습에 기억력도 차츰 희미해져서 살아온 세월의 너울들을 조금씩 조금씩 흘려보내고 있다. 나는 어머니의 품 넓은 시간들을 복원해 보려고 조용히 눈을 감는다.

　내가 초등학교 저학년이었던 어느 날, 우리 집에서 일하던 언니가 그녀의 어머니께 묵직한 쌀자루를 뒷문으로 건네는 것을 목격하고 그 사실을 어머니께 일렀다. 어머니는 당신의 검지로 내 입을 막으며 모른 체하라고 했다. 얼마나 어려웠으면 그와 같은 일을 했겠느냐면서. 육이오 전쟁 직후의 우리나라는 '먹는 문제'는 생사가 걸린 문제였다. 먹는 입을 덜기 위해서 어린 여자아이가 쌀 몇 말에 식모로 팔려갔고 거지가 횡행하던 시대였다. 우리 집 뒷문에는 시도 때도 없이 깡통을 든 거지가 나타났다. 어머니는 반찬까지 곁

들여 밥을 넉넉하게 퍼주었다. 줄을 서서 기다리는 그들 때문에 들락날락하며 밥을 먹어야 할 형편이었다. 나중에 알고 보니 '밥 잘 주는 집'이라고 소문이 돌았단다. 그들도 굶어 죽지 않으려고 정보를 서로 제공했던 덕분에 우리 집은 밥때가 되면 불난 호떡집처럼 정신없었던 적이 있었다. 그때를 떠올리니 어머니의 서산 노을빛이 무척 고와 보인다.

또, 빛바랜 기억 하나가 살짝 고개를 든다. 그때도 모두가 가난했던 시절이었다. 선생님도 가난했고, 이웃도 어려웠고 우리 집도 아버지가 하는 사업은 언제나 성공과는 거리가 멀어서 잘 살지 못했던 건 매한가지였다. 할머니를 모시고 팔 남매를 키우고 교육시키는 일이 얼마나 힘겨운 일이었겠는가. 하지만 담임선생님에 대한 존경심은 남달랐던 듯했다. 그 해에 첫 수확한 감이나 쌀, 고구마 등의 작물을 맨 먼저 선생님께 드리고 이웃과 나눠 먹었다. 선생님 존중에서 나온 이 의식들은 치맛바람과는 전혀 다른 차원이었고 어머니식의 존경과 감사 표시였다. 강산이 수차례 바뀌고 또 바뀌었지만 지금도 그때의 어머니를 기억하고 있는 선생님이 계신다. 아이들의 선생님을 공경했던 어머니 밑에서 자란 나와 막내 여동생이 교사로 아이들을 따뜻하게 품어왔던 건 우연이 아니었다. 이렇게 내 삶의 자락에는 늘 어머니가 함께 자리 잡는다.

어머니는 최근 일 년 반 만에 대수술을 세 번이나 치러냈다. 어머니는 93세였고, 체력은 바닥나 있었으며, 병은 너무나 깊었다. 수술하지 않으면 장기가 모두 썩어들어가 이삼일 후면 돌아가신다고 했다. 수술한다 해도 성공률은 20% 남짓. 어렵게 성공한다 해도 패혈증, 신부전증, 심근경색 등 다섯 가지 병증이 나타날 수 있다고 했다. 그렇다면 생명 연장이 어머닐 고통으로 몰아넣을 수도 있는 게 아닌가. 진퇴양난이었지만 "수술하다가 잘못돼도 그 후의 일은 모두 운명으로 받아들이자"며 의사인 남동생, 둘째 형부, 제랑이 결단을 내렸다.

그 후 기적이 일어났다. 수술은 성공했고 어머니는 패혈증 등의 후유증 없이 예수님처럼 사흘 만에 부활하였다. 가쁜 숨을 몰아쉬며 우리 곁으로 돌아온 어머니를 양팔 벌려 끌어안으며 "하느님, 감사합니다"를 되뇌었다. 어머니의 세월을 다 거두어들이지 않고 살려주신 하느님이 고마웠다. 눈물을 줄줄 흘리며 선한 행동 많이 한 우리 어머니가 상을 받았다고 생각했다.

내가 중학교 다닐 무렵, 우리 집은 외지에서 온 행상 아주머니들의 무료 숙식소였다. 내륙지방의 특산물을 우리 고장에 팔고 내 고장 멸치 등의 건어물을 내륙지방에 파는 이들은 돈 한 푼이라도 아껴 보겠다고 어머니께 딱한 사정을 얘기했었다. 그래서 할머니와 내가 사용하는 방을 그들에게 제공했다. 식구가 많은 우리 집에 방이 여유가 있는 것은 아니어서 나는 그들과 함께 동숙을 할 수밖에 없었다. 할머니야 말벗이 생겨서 좋아했지만, 나는 불편해도 참아야 했다. 그런 날이면 방에 잡다한 물건이 쌓여 역겨운 냄새가 풍기고 비좁아진 틈바구니에서 자야만 하는 고역이 따랐다. 지금은 어림없는 일이지만 그 시절은 큰 불평 없이 그렇게들 살았었다. 비교적 소탈한 내 성격도 이런 환경에서 비롯되지 않았을까 싶다. 어려운 이들을 외면하지 않은 어머니의 삶이 내게 영향을 미쳐 내 주변 사람들의 어려움과 호소에 관심을 가지고 귀를 기울이게 된다.

어머니는 자식들에게도 품위를 잃지 않으려고 애쓰고 신세를 지지 않았다. 그 정도가 지나쳐서 조금 흐트러지거나 아쉬움을 토로하는 모습이 더 인간적이지 않을까 느껴지는 때가 있었다. 하지만 우리들에게 어머니가 필요할 때는 언제나 해결사가 되어 주셨다. 뉴욕에 사는 막내 여동생이 결혼 후에 직장 다니며 아이를 낳지 않자 고희의 나이에 미국행을 선택하셨다. 그곳에서 두 아이를 어엿하게 잘 키워주고 십 년 만에 귀국하셨다.

그때가 팔순이었지만 자식에게 신세 지지 않겠다고 이모와 함께 살았다. 어머니는 자존심이 강하고 의지력이 강해서 뜻을 세우면 아무도 말릴 수가 없었다. 어머니의 독립생활은 이모가 돌아가시고도 중단되지 않았다. 그 후 오빠가 운영하는 해남 공장의 넓은 부지중 한쪽에 새집을 지어 삶의 터전을 잡았다. 연세가 드셔서 걱정이 됐지만 다행히 공장의 주방을 담당하는 아주머니가 믿음직한 분이어서 조금은 안심이 되었다. 그곳의 목사님 역시 성품이 좋으시고 설교를 잘하는 분이라서 어머니의 관심은 교회에 온통 집중되어 그곳의 생활에 만족해하셨다. 우리는 직장 근무 탓에 생신이나 여름, 겨울 방학이 아니고선 서울서 남쪽 끝 해남까지 자주 가기엔 어려움이 따랐다. 어머니를 뵈러 갈 땐 옷이나 머플러 등의 소품과 맛있고 귀한 음식을 준비해 가곤 했다. 어머니는 목사님 사모와 공장에서 일하시는 분들께 아낌없이 그 물품들과 음식을 전달하곤 했다. 교회에 건축헌금이나 비품, 행사비가 필요할 땐 언제나 제일 큰 몫을 부담하려고 했다. 우리들 팔 남매가 어머니께 드리는 통장의 잔금은 그때마다 크게 줄어들었지만 아랑곳하지 않았다. 사람에 대한 따뜻한 시선과 교회의 어려움을 내 일인 양 받아들이는 어머니 마음을 잘 알고 있기에 이의를 달지 못했다. 허나 어머니가 드셔야 할 음식을 맛도 보지 않고 남에게 드리고, 없는 시간 쪼개어 발품 팔아 산 물품이 어머니 몫이 되지 못하며 어머니 능력 밖의 교회 헌금은 지나치게 느껴졌다. 하지만 어머니의 마음을 이해할 수 있었다. 어머니 당신께 잘 대해 드리는 분들께 뭐든지 전하고 싶었고, 또 그래야만 마음이 편했으리라. 이렇듯 가진 것 움켜쥐지 않고 이웃과 나누며 베풀고 살았던 어머니다. 손해 본 듯 살라고 이르셨던 어머니는 가진 것 많지 않았지만 마음만은 늘 부자로 사신 듯하다.

나이를 더해가며 어머니를 닮아가는 나를 발견할 때가 있다. 말투하며, 남의 신세 지지 않으려고 유난스럽게 행동하는 것, 하나 받으면 둘 셋 되돌려 드려야 마음이 편하고, 좋은 음식과 물품이 있으면 필요한 사람에게 얼른 전하고 싶은 마음이 일어나는 일 등이다.

오랫동안 누군가가 되기 위해 꿈꾸고 노력하면 그를 닮아간다. 앙드레 말로의 말이다. 배시시 웃음이 새어나온다. 간절히 노력한 것 같지 않은데.

성난 바람이 거칠게 불어온다. 단풍 든 나뭇잎이 우수수 떨어진다. 겨울을 나기 위한 나무의 몸부림 아닌가. 새봄을 위해 잎 떨군 저 나무처럼 나도 가진 것 내려놓고 어머니처럼 손해 본 듯 살며 아름다운 시간을 준비하리라. 내 삶에 어머니의 나눔과 베풂의 세월이 온전히 스며들기를 바라며 마음의 문을 활짝 열어본다.

아버지의 서첩

남쪽 항구도시 여수.

물 맑고 아름다운 이 도시는 우리 아버지의 고향이다. 지금 이 도시는 세계적인 미항을 꿈꾸며 거창한 행사가 진행되고 있다.

'2012 여수 세계 엑스포'

인구 30만도 채 되지 않는 소도시에서 '살아있는 바다 숨 쉬는 연안'을 주제로 국제적인 행사가 열리고 있다. 세계 엑스포는 상하이 같은 대도시나 적어도 대전 정도 규모의 도시에서나 가능할 법한데, 장하게도 작은 도시 여수에서 국제 박람회가 개최되었다. 애향심이 남다른 아버지가 보셨다면 얼마나 좋아하실까.

고향 여수는 늘 아버지와 함께 떠오른다. 여수 오동도의 동백꽃이 절정이란 뉴스에도, 영취산 철쭉이 불붙은 듯 장관이란 소식에도, 향일암 암자의 안타까운 화재 보도에도 아버지를 생각하며 그곳에서의 추억을 떠올린다. 여수엑스포를 참관하니 다시금 아버지가 사무친다. 아버지는 여수麗水가 여천공단, 상업도시 등의 물질적이고 기계적인 도시의 이미지가 크게 부각된다며 안타까움을 드러내는 일이 잦았다.

어느 날 우리 집 2층에 당신의 호를 딴 송석서숙松石書塾 서예학원을 개설

하였다. 어린 학생제자부터 당신 연배의 어르신들까지 모여드는 묵향 그윽한 문화의 산실을 제공했다. 서예학원이 흔하지 않았던 시절이라 문하생들이 많았고 붓글씨 쓰기에 심취해서 아침부터 밤늦게까지 하루 종일 서실에서 보내는 어른들도 더러 있었다. 제자들과 함께 서숙전書塾展을 열었고, 지방 작가 초대전, 도전, 국전 등에 작품들이 출품되어 호평을 받았다. 아버지는 국전작가로서 개인 전시회를 갖는 등 왕성하게 활동하였다.

그에 그치지 않고 여수 서도회장 자격으로 전국 휘호대회를 유치하였다. 권위 있는 중앙 서단의 원곡 김기승, 백몽 김용주 선생 등을 심사위원으로 모셨고, 전국각지를 돌며 참가를 권유하였고, 대회 장소, 수상 준비 등 최선을 다하였다. 전라 좌수영의 본영인 여수 진남관에서 제 1회 전국 휘호대회가 열렸다. 경향 각지의 초중고생, 대학생, 일반인 등 참가자가 쇄도했고 마침내 아버지의 숙원이 이뤄졌다.

대회를 마친 후엔 모든 참가자들에게 이순신 장군의 유적과 명소를 안내하는 준비성과 친절함을 지방 신문들은 보도했다. 특히 지방 문화 예술 발전에 크게 이바지 했다고 전했다. 문화적인 토대가 미약했던 향토사회가 보람과 긍지를 한껏 누릴 수 있는 대회라며 칭찬도 아끼지 않았다.

대회는 성공했지만, 아버지는 삼복더위에 과도한 업무로 지쳐 쓰러져 시름시름 앓게 되었다. 건강이 점점 악화되어 급기야는 서울대학교병원에 입원하게 되었다. 병원에서 치료가 계속되었지만 회복불능 상태에 이르렀다. 남은 삶을 고향에서 보내라는 최후통첩을 받은 몇 달 후, 화창한 봄날에 아버지는 영영 못 오실 먼 곳으로 서둘러 길을 떠나고 말았다.

전국 대회였지만 공공기관의 후원도 미약하고 경제적인 뒷받침도 크게 받지 못해서 외롭게 고군분투했던 아버지의 모습이 다가와 가슴 한복판이 찌르르 아려 온다.

이듬 해, 어머니는 아버지 필생의 사업이었던 전국 휘호대회를 치러냈다. 2회 대회를 끝으로 더 이상 이어갈 수가 없었다. 개인이 기관의 협조 없이 전국적인 대회를 치른다는 것은 처음부터 무리한 일이었다. 어쨌든 후손들이 아버지의 크고 장한 뜻을 이어 받지 못해서 부끄럽고 죄송한 마음은 늘 살아있다.

아버지가 떠나고 1년 후, 우리는 1주기 추모집을 엮었다. 곽종원 건국대 총장, 석도륜, 김용주, 김응현 등 서단의 별같은 분들이 추도시, 제자題字, 삽화, 시 등으로 애도의 마음을 전해왔다. 전국 각지에 산재해 있는 아버지 작품 중 소재 파악이 가능한 것을 찾아 엮었다. 서예 활동 사진, 관련 신문 기사, 낙관 등도 함께 넣었다.

『송석 김득평 서예집松石 金得枰 書藝集』은 이렇게 세상에 나오게 됐다. 이 서첩을 곁에 두면 아버지 대하듯 반가운 마음이 인다. 제사 때 들여다 보며 아버지에 관한 회고담을 펼쳐 보기도 하고 피붙이들은 닮은 서로를 바라보며 다시 아버지를 만난다.

팔 남매의 가정에는 여러 서체의 아버지 작품들이 있다. 액자, 족자, 병풍 등에 씌어 있는 글 속에는 아버지가 일깨워 주고 싶은 글들이 있다. '송심난 성(松心蘭性)'의 글은 소나무 같이 푸르고 청정한 마음과 난처럼 기품있고 우아한 품성을 지녀야 함을 넌지시 이른다. 그 뜻을 새기며 닮아가려는 노력을 기울인다. 이렇듯 아버지의 글은 우리들에게 삶의 지표가 되어 준다.

이제 내년이면 2013년. 아버지 탄생 100주기이며 35주기 추도식이 있는 해다. 추모집과 아버지 작품 속에서 우리 동기간이 아버지를 만나듯, 추모집 속편을 발간하여 우리 자녀들과 그 후손들이 할아버지의 장한 뜻을 이어받게 해주고 싶다. 알렉스 헤일리가 소설 「뿌리」를 통해서 조상을 찾았듯, 나의 후손들에게 뿌리의 일부라도 전해주고 싶다. 살기 바쁜 젊은 세대들이 언제 그 일들을 생각하며 관심 가져볼 여력이 있겠는가.

한문이 대부분인 1주기 추모집을 이해하기 쉽게 보완하고 아버지가 우릴 위해 써주셨던 '가화만사성(家和萬事成)', '수신제가치국평천하(修身齊家治國平天下)'에 담긴 뜻을 실천하려고 애쓰며 가정을 꾸려왔던 우리들의 모습, 직업인으로, 예술 방면으로 또한 가정과 이웃에 조금이라도 도움이 됐으면 하는 바람으로 노력했던 자료들을 담아 보려고 한다.

아버지와 어머니를 정점으로 8남매와 그 배우자, 손주들, 그 중에 결혼한 사람의 배우자, 증손자들. 가족 나무 열매에는 66명의 대가족이 열릴 듯하다. 속편 서첩의 부피가 만만치 않을 듯하지만 취사선택이야 피할 수 없지 않겠는가.

아직 태어나지도 않은 미래의 작품집이 지금부터 기다려진다. 그곳에는 '2012 여수 세계 엑스포'가 열렸던 미항 여수 소식도 함께 실어 보리라. 후손들이 선조의 고향 여수도 꼭 찾아볼 수 있게.

고향 여수에 서예로 자그마한 문화예술의 불씨를 지폈던 내 아버지의 뜻이 자손 대대로 이어져 횃불처럼 타오르기를 기대해 본다.

아버지와 여수엑스포

남쪽 항구도시 여수는 아버지의 고향입니다. 아버지가 그토록 사랑했던 물 맑고 아름다운 이 도시는 '2012 여수세계엑스포'가 열려 국제적인 도시가 되었습니다. 인구 30만도 채 되지 않는 소도시에서 국제적인 행사가 열렸습니다.

여수는 우리나라 최남단에 위치해 있어서 접근성도 떨어지고 사회간접시설도 좋은 편이 아니었습니다. 하지만 장하게도 여수 시민이 하나로 뭉쳐서 93일간의 대장정을 잘 마무리했습니다. 폐막식에는 오색 불꽃이 여수 밤바다를 화려하게 수놓으며 성공적인 대회였음을 알렸습니다. 관람객 800만 명이라는 목표도 달성했고, 역대의 어느 박람회와 비교해도 손색없는, 알차고 볼거리 많은 행사였습니다. 성공을 알리는 폐막식을 듣는 순간 조용히 미소를 보내는 아버지가 떠올라 가슴이 찌르르 아려왔습니다.

여수에 문화의 산실을 마련한다며 서예학원을 개설하고 제자들에게 서예를 지도하던 아버지. 남다른 사랑과 신념으로 제자를 지도한 아버지였습니다. 도를 닦듯 혼신을 다한 아버지는 여수서도회장 자격으로 전국 휘호대회를 개최했습니다. 경향 각지에서 모여든 초중고생, 일반인들의 참여로 대회가 성공적으로 마무리되었지요. 대회 이후 아버지의 건강은 급속도로 악화되어 회복 불능 상태가 되었습니다. 여수에 문화예술의 싹을 틔우기만 하고, 이후의 발전을 보지 못한 채 화창한 봄날, 영영 못오실 먼 곳으로 떠나고 말았습니다.

다행히도 2012년, 여수에서는 문화예술과 해양과학의 발전상을 온 세계에 알리는 행사가 열렸습니다. 세계 100여 개국의 다양한 문화를 비행기에 오르지 않고서 체험할 수 있었습니다. 참여 전시관이 많았고 행사가 다양해서 하루 이틀에 볼 수 없을 만큼 다채로운 엑스포였습니다. 문화도시 여수! 애향심이 남달랐던 아버지가 꿈꾸었던 소망을 이룰 수 있게 되었습니다. 앞으로 100년이 되어도 이같은 행사가 이곳에서 또 열릴 수는 없을 거라고 생각했습니다. 보고 또 보고, 상경했다가 다시 며칠 후에 또 찾고, 발이 붓도록 찾아다녔습니다. 아버지 몫까지 샅샅이 살펴야 했습니다. 내게 특별한 의무가 부여된 것마냥 축제 마당을 기웃거렸습니다. 땡볕에 얼굴이 그을려도, 인기 많은 특별 전시관에서 반나절을 기다려도 힘들지 않았습니다. 아버지와 함께 구경하는 상상으로 즐거웠으니까요.

구경거리 중에서도 스펙터클한 해양쇼는 특별했습니다. 넓은 바다를 무대로 삼아 스릴 넘치게 펼쳐지는 이 공연은 눈을 뗄 수 없을 정도로 흥미진진했습니다. 무대가 바다에 잠기기도 하고, 모터보트들이 공중에 솟구치고, 굉음이 귀를 울리고, 무시무시한 불꽃이 폭발하고, 트램폴린에서 곡예사들이 하늘로 튀어 오르고, 높이 솟은 장대에서는 무용수들이 버들처럼 하늘거렸습니다. 초대형 인형 연안이, 물에 잠겨 고통스러움을 표현하는 바다소녀, 수많은 공연자가 신기神技에 가까울 만큼 오차 없이 완성도 높은 공연을 치러냈습니다. 관객 모두를 압도할만한 장대한 공연이었습니다. 완벽한 무대였습니다. 공연에 차질이 없도록 얼마나 많은 땀을 쏟았을까요. 여수 박람회 이전에도 이후에도 이런 공연은 쉽지 않을 것 같았습니다.

아버지, 남편과 동행하지 못했다는 생각에 주체할 수 없을 만큼 눈물이 터져 나왔습니다. 그들에게 이 화려한 공연을 보여 주지 못했다는 진한 아쉬움과 공연의 울림도 커서 오래도록 흥분된 마음이 가라앉지 않았습니다. 하염없이 흐르는 눈물 탓에 눈을 제대로 뜰 수 없었지요.

아버지가 꿈꾸었던 문화도시 여수!

이제, 여수에 대해 아버지가 그렸던 꿈은 이루어졌습니다. 여천공단과 상업도시의 거친 이미지가 강했던 이 도시는 '미항 여수', '여수 밤바다'가 떠오르는 아름다운 도시가 되었습니다. 학회나 세미나 장소로도 인기가 있고 대학생이 선호하는 도시로 부상했습니다. 아버지가 이런 모습을 직접 보셨다면 얼마나 좋아하였을까요. 행사와 공연장을 돌며 느낀 감동도, 눈이 아리도록 쏟았던 눈물도, 고향 여수를 사랑하였던 아버지에 대한 그리움이었겠지요.

2012 여수세계 엑스포도 벌써 일 년 전 일이 되어가고 있습니다. 창밖에 내리는 비가 해상쇼 공연장에서 쏟아지던 바닷물 포말 같습니다. 빗물처럼 줄줄 눈물을 흘렸던 해상쇼가 생각나는 하루입니다.

아버지, 당신이 보고 싶습니다.

묘비명을 새기며

눈썹만큼 남아 있던 해가 숨바꼭질하듯 이내 사라진다. 강화도 갯벌 위로 노을이 내려앉는다.

고운 모습으로 잠자듯 떠난 어머니를 불러본다. 어머니는 백수잔치를 다섯 달쯤 남긴 구월 마지막 날, 마지막 불꽃이 사라지듯 큰 숨 한 번 몰아쉰 뒤 고통 없이 먼 길을 떠났다. 이승에서 기쁨만큼 고통도 컸던 어머니의 다음 생애는 수평선에 얹혀진 석양빛이었으면 싶다.

어머니 49재 때, 묘비에 '손해 본 듯 살아라'를 새겨 넣었다. 가장 어머니다운 글귀를 찾다가 가족이 만장일치로 결정했다. 조금 불편하고 손해 보더라도 타인을 배려했던 어머니의 삶이 드러나는 듯해서 그리 정했다.

대수술 후 기억이 사라지고 몸이 불편한 어머니를 휠체어에 모시고 올케는 산책에 나서곤 했다. 햇빛바라기를 하는 동안에 어머니가 드실 커피, 고구마, 감자, 옥수수를 준비하고 나서면 이웃들은 서로 휠체어를 밀겠다고 가벼운 실랑이까지 벌였다. 어머니에 대한 지지와 온정이 짐작되었다. 아침부터 아파트 단지 벤치에 며느리를 피해 나와 앉은 할아버지들에겐 점심 사 먹으라고 돈을 드리고, 때로는 간식을 사 오게 해서 대접했다. 너무 지나칠 때도 있었지만 올케는 말릴 수가 없었다. 기억이 사라져도 어려운 이들에 대한 배려와 인정은 그대로였다. 막냇동생과 올케도 그분들께 서대회와 막걸리 등으로 작은 잔칫상을 마련해 드리기도 했다. 다른 형제자매들도 어느 결에 어머니를 닮아가고 있었다. 이웃을 섬기는 어머니, 어머니를 닮아가려는 나의 세대. 내 아이들도 윗대의 어른들을 본받아 어려운 이웃을 위해 선의를 품게 되지 않을까. 어머니가 남기신 삶의 지혜들이 아름다운 선물이 되어 후손에게 전해졌으면 좋겠다.

붉은 해가 수평선 너머로 아름다운 모습을 감추고 서서히 어둠이 내려앉는다. '손해 본 듯 살아라'며 삶을 아름답게 보듬던 어머니도 떠나셨다. 하지만 자식들이, 또 그 자식들이, 묘비명을 바라보며 그 뜻을 새기기를 염원한다. 세상을 보듬고 밝고 아름답게 살아갈 후손을 그려보는 것은 기분 좋은 일이다. 어머니 마음 같은 해가 늘 새로이 떠오르듯이.

밥 잘 사주는 남자

우리는 삶의 여정에서 인연 맺은 이들과, '밥을 함께 먹으며' 공감하고 소통한다. 고비마다 맞닥뜨리는 희로애락에 발맞춰 밥상을 펼치며 축하하거나 위로와 격려를 보낸다. 해서, 사람들은 밥상 펼쳐주는 사람에게 형제자매와 같은 정을 느낀다. 오죽하면 '박사 위에 밥사, 밥사 위에 감사'라는 말이 떠돌겠는가.

'밥사'하니, 떠오르는 사람이 몇 있다. 『오블라디 오블라다』를 쓴 주철환 PD가 그중 하나다. 외아들을 둔 그는, 아들 친구 예닐곱 명을 살뜰히 챙긴다고 했다. 밥을 사는 건 흔한 일이고, 생일을 챙기거나 여행을 함께 나서기도 한다니, 인물에 대한 호기심이 일었다. 아들 친구들에게만 '밥사'를 베풀었을 리 없다. 그는 어떤 사람일까.

파랑새는 가까운 곳에도 있기 마련이어서 주변 기억을 매만져 보니, 아니나 다를까 한 남자가 호탕하게 웃으며 서 있는 모습이 보인다. 실제로 '밥 잘 사주는 남자'라는 별명으로 통하는 그를, 나는 '형부'라고 부른다. 이 양반과 인연 맺은 사람으로서, 그가 사는 밥을 안 먹어본 사람이 있을까. 반세기도 더 지난 그 옛날에 집안일 도와줬던 이까지 어렵게 찾아내어 밥 대접하며 예를 갖추는 걸 보면. 복잡다단한 우리 친정집 가계도를 줄줄이 꿰고 일일이 밥 사주고 다니는 것도 그리 놀랄 일이 아니다. 진짜 놀라운 건 그다음부터 인데, 형부가 함께 밥 먹으며 정 나눈 사람들의 사정을, 자신의 일처럼 가깝게 여기게 되었다는 것이다.

경제적으로 어려운 연로한 어른들을 찾아뵙고 금일봉을 내밀기를 즐겨 하더니, 대학등록금이 부담되는 가정에는 학비까지 챙겨 주었다. 친정아버지 탄생 백주년 기념집을 출간할 때는 사업비 전액을 내놓아 우리를 놀라게 하더니, 친정아버지 호를 딴 송석장학금에까지 정성을 보탰다. 쉽지 않은 일이다. 그런데도 그의 적선통장 잔고는 계속 쌓여만 간다. 헤아릴 수 없이 많은 적덕을 모두 쏟아낼 수가 없다. 게다가 표 내지도 않고.

형부가 누군가에게 밥을 산다는 상징적인 일에서는, 이렇게 수많은 산타 클로스 같은 사연들이 터져 나왔다. 그리고 결국엔, 모두가 형부의 은혜로운 정을 알게 되었다. 저절로 새어 나올 수밖에 없었다. 수혜자의 발설로. 낭중지추.

빈 가슴을 사랑으로 채워주는 일, 위로와 격려로 힘과 용기를 주는 일, 축하하며 기쁨과 감사를 나누는 일. 참으로 숭고하고도 복잡한 일이다. 이런 일을 처음부터 거뜬히 해낼 사람은 없다. 다만 주 PD나 형부 같은 사람에게서 그럴싸한 걸음마 요령을 발견하게 된다. 일단 따끈한 밥을 함께 먹으며 얘기 들어주는 것. 이웃사랑이 스스로도 유쾌한 일이 되기 위해서, 이보다 좋은 시작은 없을 것 같다. 밥을 사준다는 건 사람을 소중하게 여긴다는 뜻이고, 함께 밥 먹는 사람이 그걸 제일 먼저 느낄 수밖에 없으니까.

요즘 주변에 놀라운 변화가 일어나고 있다. 형부의 아들인 젊디젊은 조카가 아버지를 닮아간다. 조카가 그럴듯한 이유를 붙여 제공한 밥을 먹지 않을 수 없었다. 그 아버지에 그 아들이라, 흐뭇해지는 순간이었다. 다른 친척들도 뭔가 느끼는 듯한 눈치다. 서로 밥 사겠다며 아우성이고, 다음은 내 차례라며 못 박는 사람도 나타난다.

'잘산다는 것'이 무얼까. 내 곁에 있는 사람을 돕고, 주변에 좋은 영향력을 미칠 수 있다면 제법 잘 사는 것일 테지. 좋은 사람과 지내면 향기가 나고 그렇지 못한 사람을 사귀면 악취가 밴다는 옛 어른의 말을 떠올린다. '밥 잘 사주는 남자'는 꽃향기 그윽하게 전하는데, 그의 처제인 나도 '밥 잘 사주는 여자'가 되어 참기름 냄새라도 고소하게 풍겨야 하지 않을까.

흐뭇한 상상을 하다 좀 멀리까지 가는 일이 있다. 아들 친구들과 교류하며 무한한 사랑을 보내는 주철환 PD, 내 형부 같은 사람이 우리 사회의 진정한 어른이 아닐까. 농경사회의 어른들 모습이 이러하지 않았는가. 부락 공동체가 미래의 주인공인 청소년들을 함께 키웠다. 바쁜 부모를 대신해서 밥도 먹이고 부모가 올 때까지 안전하게 돌봐주며 힘을 보탰다. 지금, 동네 어른들의 공동 관심과 사랑 속에서 바르게 성장하는 아이들의 모습을 기대하는 것은 무리한 일인가. 제발, 마음 넉넉한 사람들이 많아졌으면 좋겠다. 우리의 아이들이 안심하고 꿈을 키워나갈 수 있었으면, 그리하여 멋있는 사회의 일원으로 성장한다면….

사회 구성원 모두의 몫이 되어 마음 합친다면 가능하지 않을까. 그런 세상을 꿈꾸어 본다. 나 혼자의 꿈은 그저 꿈일 수 있겠지만 함께 꿈꾸면 새로운 미래가 찾아오지 않을까. 우선 나부터라도 이와 비슷한 경험을 확대시켜 나가야겠다.

밥 잘 사주는 사람들. 그들은 사람 냄새 물씬 풍기는 아름다운 사람들이다. 한결같이 친구가 많고 스스로 즐겁게 지내기도 한다. 음식을 통해 소통하고 인정 나누는 일이 취미이고 특기인데 어찌 즐겁지 않겠는가. '밥'을 통해 내 마음 밭에 좋은 씨앗을 뿌려준 사람들. 어른의 관용과 여유가 묻어 있다. 행복이 무엇인지, 앞으로 내 삶을 어떻게 가꿔야 할지, 그들에게서 배운다. 이제 나도 자주 "함께 밥 먹어요" 하게 되지 않을까. 미소가 피어오른다.

따끈한밥한끼

누군가를 위해서 밥을 짓는다. 시장 보고, 음식 재료 다듬고, 무치고, 끓이고, 데치고 조리하는 과정에서 맛있게 먹을 사람을 떠올리며 흐뭇해한다. 요리를 다 만들고 예쁜 그릇에 담으며 장식까지 멋있게 하고 난 뒤 식탁 위에 어울리게 배치하며 손님을 기다린다. 이런 일련의 과정이 보통 주부에게는 쉽지 않은 일이다. 더욱 팔순의 할머니에겐 어려운 과제다.

그런데 최근에 우리 형부 못지않게 화제 만발한 한 할머니가 있다. 나의 대모님이다. 팔순잔치 대신에 그동안 신세 진 이들에게 손수 지은 밥 한 끼를 대접한다는 목표를 세웠다. 이 어른도 한 번 마음 먹으면 줄달음치는 실천가이다. 집안을 꽃동산처럼 꾸며놓고 예쁜 내프킨 준비해두고 접시, 반찬 그릇, 컵 등을 손님맞이용으로 일습 교체하고 소꿉놀이하듯 들여다보며 기쁨이 충만했다. 설레고 기대된다며 만면에 웃음 가득이었다. 심지어 '내 인생의 축제'라며 즐기고 있었다.

발상은 신선했지만 나는 그녀가 누구의 도움도 없이 혼자서 그 대단한 가사노동의 부담을 감당할 수 있을까 염려됐다. 하지만 3층 계단을 오르내리는 장보기, 음식 만들기, 상 차리기, 설거지까지 누구의 도움도 받지 않고 해냈다. 그의 의지대로 뜻이 맞는 사람들끼리 삼삼오오 모이는 초대형식으로 잔치는 몇 달 동안 계속됐다. 손수 김치 담그며 밤샘도 예사였다. 사실 걱정은 많았지만 행복에 들떠있는 그녀를 말릴 수가 없었다.

몇 달 동안 예상 인원 200명을 지나 300명을 훌쩍 넘겼다. 대모님 역시 우리 형부처럼 지인의 집안 대소사를 기억하고 크고 작은 모임의 행사를 챙기며 폭넓은 인간관계를 유지해온 건 알았지만 놀라운 숫자였다. 팔순 고개를 넘은 어른이 혼자 힘으로 일궈낸 일이다. 기적이다. 그 초인적인 힘은 어디에서 비롯됐을까. 사랑의 힘이고 갈망의 에너지이다. 초대받은 이들의 찬사와 놀라움, 기쁜 표정이 피곤함도 가시게 해주는 명약이었다. 예쁜 그릇, 정성껏 차려진 따끈한 밥과 국, 반찬, 후식까지 잘 대접해드린 후 손님들이 집으로 돌아갈 때는 극진한 선물까지 챙겨 보내는 자상함에 그들은 극찬을 아끼지 않았다.

초대받은 손님의 분위기에 따라서 축제로 이어져 노래도 하고 때로는 좋은 글 낭송 등으로 기분을 고조시켰다. 좋은 기운이 전해지고 그 어떤 만찬보다 오래오래 기억될 잔치였다. 밥상 위에는 그녀의 인생이 녹아 있었다. 밥 위에 행복을 얹으면서 고마움을 전했다. 음식을 차려 소중한 사람들과 함께 밥을 먹는 일은 더없이 소중한 일이 아닌가. 밥상에는 인간관계가 존재한다. 나눔도 실현된다. 인생을 아름답게 마무리하려는 그녀는, 꽃보다 아름다웠다.

내가 앞으로 인생 후반을 어떻게 정 나누며 좋은 모습으로 살아야 할지, 미리 길 안내 하는 인생 선배 덕분에 예행연습은 따로 필요하지 않겠다. 그대로 따라서 나도 할 수 있을까. 인생을 미리 살아보는 셈이 된다. 그녀 덕분이다. 대모님의 따끈한 밥 한 끼 소식을 신나게 퍼뜨려야겠다. 어른의 관용과 여유 그리고 나이가 경륜으로 인정받는 세상을 만드는 데 도움이 되지 않을까. '따끈한 밥 한 끼'의 정신이 많은 이에게 스며들었으면 좋겠다.

나도 대모님의 따뜻한 밥 한 끼에 해당되는 무슨 일을 도모해야겠다. 늘 밥상에 홀로 앉아 정물화가 되어 있는 너와 나의 모습을 상상해 보는 일은 서글픔이다.

어머니의 밥상

　　유월부터 계속되는 폭염이 몇 달 동안 기세를 누그러뜨리지 않는다. 이럴 땐 냉콩우뭇가사리를 후루룩후루룩 마시면 무더위가 싹 가실 텐데…. 그게 이렇게 간절하게 떠오르는 건, 어려서 먹었던 어머니표 음식인 탓이다.

　　여름 보양식인 장어탕도 어머니를 떠올리게 하는 음식이다. 생각만 해도 입맛이 다셔진다. 우리 형제자매들 역시 마찬가지다. 어머니 음식에 길들여졌으니 당연한 일이다. 모두들 장어 요리 중 장어탕을, 그것도 어머니의 장어탕이 으뜸이라 한다. 남들이 좋아한다는 장어구이나 장어덮밥, 하모샤브 모두 장어탕에 비할 바 아니다. 형제들은 지금도, 장어탕을 사 먹고 와야, 고향 여수에 간 걸로 실감한다.

　　내 기억창고에는 여학교 시절의 우리 집 부엌 풍경이 꽤 많이 저장되어 있다. 서대회나 가자미찜이 특히 맛있었고 동지팥죽 솥도 연탄불 위에 올려져 보글보글 끓었다. 여수는 항구도시라서, 주로 해산물 음식이 밥상 위에 올랐다. 톳이나 말, 청각과 같은 해조류는 숙주나 콩나물과 함께 무쳐서 새콤달콤하게 먹었다. 갈치는 요즘처럼 비싸지 않은 서민 음식이었는데, 여느 반찬처럼 요리조리 조리해서 흔하게 먹었다. 작은 갈치를 말려서 멸치처럼 무쳐 먹기도 하고 조려서 먹기도 했다. 다른 지방에서는 도미, 민어, 조기, 금풍선이, 양태, 서대, 가자미가 주로 명절이나 제사상에 오르는 생선이었지만, 여수에선 보통 때도 어렵지 않게 맛볼 수 있는 반찬이었다.

된장국은 멸치 다시 국물을 내서 끓이지 않고, 깐 새우나 조갯살, 바지락, 홍합 등 생것을 넣어 끓였다. 미역국에도 종종 비리지 않은 생선을 넣어 먹었고, 손님상에는 멍게, 해삼, 개불이 올라갔다. 개불의 특유한 맛을 좋아하던 나는, 늘상 입맛을 다시며 내게도 차례가 오길 초롱초롱한 눈으로 기다리곤 했다. 그런다고 차례가 돌아왔다면 손님 음식이 아니었겠지만.

어머니는 더위를 유난히 타서, 좁은 부엌에서 비지땀을 흘리며 음식상을 장만했다. 그때 들었던 말이 '여름 손님은 호랑이보다 무섭다'였다. 여름에 여수 만성리 해수욕장이나 돌산 방죽포 해수욕장을 찾는 지인들이 주로 우리 집 여름 손님이었으니, 그분들 처지와 어머니의 처지가 선명하게 비교되는 건 어쩔 수 없었다.

그렇게 애써 장만한 어머니의 밥상에 음식 투정이 있을 리 없었다. 아버지부터 막냇동생에 이르기까지 온 식구가 밥을 싹싹 비웠다. 지금도 우리 형제자매는 식성이 남달라서 가리는 음식이 거의 없다. 나와 함께 식사를 해 본 사람은 '복스럽게 먹는다'며 칭찬을 아끼지 않지만, 덕분에 체중 관리를 해야 할 형편이다. 요즘은 조금씩 조심을 하는 편이지만, 체중감소가 어디 쉬운 일인가.

저녁 밥상은 아침보다 훨씬 시끌벅적했다. 각자의 하루가 갈무리되는 시간이라 얘기가 넘실댔다. 우애를 확인하고 소소한 기쁨을 맛보며 서로를 다독이는 모든 일은, 함께 밥 먹으며 마주 보는 것으로 해결되었다. 아무도 의도하지 않았겠지만, 모여서 따끈한 밥을 먹다 보면 가족의 울타리라는 게 너무나 당연하게 느껴졌다. 단 한 사람의 이탈자도 없었다.

요즘은 옛날과 달라서 같은 식구라도 함께 밥 먹는 일이 쉽지 않은 세상이 되었다. 언젠가 어느 정치인이 "저녁이 있는 삶을 돌려주겠다"는 구호를 들고 나와서 뜻밖의 큰 호응을 얻었을 정도다. 가족이 각자 자신 몫의 일을 하느라 숨 가쁘게 살아가는 탓이다. 생활패턴이 달라 밥 먹는 시간도 제각각이다. 함께 밥을 먹더라도, 대화 없이 일거리 해치우듯 데면데면 끝내는 경우가 많다. 직장, 사회도 저녁 삶을 바치길 요구한다. 저녁 식탁은 제구실을 못하고 외로워한다. 영화 〈버킷리스트〉에서도 그런 장면이 있었다. 주인공 카터가 온갖 화려한 일들 대신 손꼽는 소원은, 온 가족이 모여 식탁에서 즐겁게 대화하고 웃고 떠들며 음식 먹는 일이었다. 가족과 함께 저녁밥을 먹는 일이 정치구호로 등장해서야 되겠는가.

온 세상 저녁 식사가 다 이렇게 되어버린 건가. 기억 속 어머니 밥상을 다시 떠올려 본다. 어머니 밥상은 생명을 잇고, 삶에 활력을 채우고, 정신을 풍요롭게 해주는 축복의 성소였다.

집집마다 따끈한 밥상이 차려지는 모습을 보고 싶다. 더 미뤄질까 조바심도 난다. 행복은 그렇게 거창하지 않더라는 걸 알게 되니, 더욱 그런 생각을 더 자주 하게 된다. 사소한 일상에도 존재하는 게 행복이고, 일상에 깃들 수 없다면 진짜 행복이 아니다.

이렇게 나는, 세상을 뒤엎을 은밀한 상상을 하게 되었다. 물론 세상을 바꾸

는 일은 어렵다. 하지만 나만의 작은 세상을 바꾸는 일은 조금 더 쉬울 것이
다. 더구나, 우리는 밥의 힘으로 산다. 함께 밥 먹는 사람의 숫자를 불려보고
싶다. 오순도순 밥 먹으며 정 나누고 사는 일이, 실은 가장 힘있게 사는 일이
지 않을까.

기억해요

　　기억은 망각의 늪에서 빠져나온 생존자이다. 그들은 세월의 강에서 헤엄쳐 나오기도 하지만 무의식 세계로 가라앉기도 한다. 나는 어느 때부터인가 기억의 자료들을 모으기 시작했다. 오랜 세월 동안 풍화되고 파편화된 기억이 무력해질 때는 이 보배들을 들여다보며 옛날 일을 캐내서 실마리를 찾아내기도 한다. 켜켜이 쌓여가는 수십 권의 앨범, 교직 생활 중 심혈을 기울였던 교지와 학급문집, 내 정신세계를 지배해온 문학 자료들, 결혼 연륜만큼 모아온 가계부, 소통과 공감을 불러온 편지와 그림 그리고 기념품 등등. 소박한 소장품이었지만 보물이라 여기며 내 곁에 두었다.

　어느 날 남편이 세상을 떠난 후, 주인을 잃은 그의 유품들이 생기 없이 죽어가는 걸 보았다. '기념관을 마련할 수 있으면 좋으련만…' 생각으로 맴돌다가 현실적인 어려움에 포기할 수밖에 없었다. 궁리 끝에 그와 공유했던 기억의 실타래를 풀어내서 1주기 추모집을 엮었다. 내 소장품 중에서 그와 관련된 편지와 사진, 일기와 그림 등을 추려냈다. 그의 유품에서 그의 일생을 정리해냈다. 희망과 절망을 오갔던 병상 일기와 이별 후 더 진한 사랑과 그리움으로 내 마음에 살아남아 있는 모습을 담아냈다. '누군가의 기억에서 사라지는 것은 죽는 것이지만 기억하는 것은 두 번 사는 즐거움'이란 글을 읽고 또 읽으며 그를 불러냈다. 그의 1주기 추모집『먼 길 되돌아오신 당신』은 남편 대신 늘 우리 곁에 살아남아 있다. 책을 들여다보며 좋은 소식 전하고, 하소연하고, 손주들 소식도 보고하며 그와 재회한다. 추모집을 읽으며 현재의 삶에 더욱 충실하라는 그를 상상하고 그의 영혼이 내게 생기를 불어넣어주고 있다며 나를 다독인다. 이렇듯 나를 지탱해주는 그가 있어 내 삶은 꼿꼿하게 이어져 나가고 있다. 다른 공간으로 사라진 그와의 이별은 생과 사를 하나로 묶어준다. 내게 그의 이야기는 값을 매길 수 없는 특별한 유산이다.

그가 떠나고 2년 후 1913년생인 친정아버지의 탄생 백주년이자 35주기를 추도하는 해를 맞았다. 시간 저 너머로 사라진 아버지의 일생을 복원하려고 내 자료창고에서 꺼낸 보물들을 합하여 8남매가 관련 자료들을 모아서 국배판 크기의 기념집을 엮었다. 1부엔 국전서예작가인 아버지의 서예작품을, 2부엔 부모님과 팔 남매가 이뤄낸 우리 가족의 삶을 담아냈다. 우리 아버지의 호와 성명을 넣어 송석 탄생 백주년 기념집을 부제로 달고『김득평 서예집 그리고 가족나무』란 이름을 달고 세상에 태어났다. 1부 서예작품엔 아버지의 일평생과 전·예·행·진·초서 오체로 쓰여진 74점의 한문서예작품, 작품 해석, 추모 그림과 시, 서예전시회와 각 신문의 서평, 전국휘호대회 개최 사진과 관련된 신문기사, 서예 활동 낙수를 실었다. 2부「가족나무」에는 아버지와 어머니를 정점으로 69명의 대가족, 4대의 삶을 새로운 형태의 이야기 족보로 꾸몄다. 그곳엔 부모님과 관련된 후손들의 시와 수필, 편지와 그림, 사진이 실려있다. 후손들의 정체성이 드러난 저서, 상장, 훈장, 자격증과 성악가, 화가, 디자이너, 작가 등 후손의 인생 발자취를 담은 자료들이 팔 남매

가 태어난 서열 순으로 배치
됐다. 오랜 세월 동안 모든 가
족이 열심히 빚어낸 삶의 모
자이크를 꿰맞추었다. 우리
가족나무에 69개의 열매가
맺기까지 제각각의 구성원들

이 깊은 뿌리를 생성했고, 단단한 줄기를 키웠고, 무성한 가지와 잎이 되어
'송석가족나무'를 성장시킨 얘기였다. 아버지를 향한 보고서였다. 덕분에 출
간기념회는 화합마당이 되었고 잔치마당이 되어 우리 모두가 큰 선물을 받
는 자리가 되었다.

그 후 가족행사가 잦아지고, 맛있는 음식을 함께 나누고, 기념일 살뜰하게
챙기고 가족여행이 늘어났다. 서로 돕고 힘이 되어주는 화목한 가정은 덤으
로 따라왔다. 무엇보다 송석장학회를 결성하여 아기 탄생과 그 아이가 초·
중·고·대학에 입학할 때 평생 모두 다섯 번 송석장학증서와 장학금을 받는
회칙을 만들어 실천하고 있다. 좋은 일이 있을 때 기부하는 장학금이 상당한
액수가 모아졌다. 이 제도가 대대로 잘 운영되길 바라며 차기 세대의 책임자
까지 선정해놓고 서로 뿌듯하여 자축했다. 차기 세대는 그다음 세대의 대표
를 미리 뽑고 그 전통이 이어지게 해두고 보니 든든하기 이를 데 없었다. 우
리 세대나 차기 세대까지는 잘 이끌어갈지 모르나 그다음 미래세대에도 잘
운영되게 하기 위해서 이 기념집이 뿌리 교육이 될 수 있도록 편집했다. 책
도 다음 세대까지 전해주려고 여유 있게 제작했다. 송석가족 4대와 미래의

후손을 이어줄 가교 역할을 톡톡히 해주길 바라는 마음 간절하다. 알렉스헤일 리가 조상의 뿌리를 문학으로 빚어낸 일을 떠올리며 이 기념집 제작으로 우리 가족은 참으로 뿌듯해했고 보람도 함께 맛보았다.

그 후 일 년 뒤 노란 감국이 피어나기 시작할 무렵, 98세 우리 어머니는 마지막 남은 생명의 심지를 모두 소진하고 잿불 꺼지듯 조용히 눈을 감았다. 그는 우리 형제자매들에겐 넓고 끝없는 우주였고 정신적인 지주였다. 우리 가족은 어머니 49재 때 어머니의 유훈인 '손해 본 듯 살아라'를 묘비에 새겼다. 어머니 1주기엔 묘비명을 표제로 추모집 『손해 본 듯 살아라』를 출간했다. 우리 어머니는 여유 있는 살림살이가 아니었음에도 많은 자녀를 서울이나 대도시로 유학을 보냈고 당신은 아낌없는 나무가 되어 모든 것을 우리에게 다 내어주었다. 어려운 이들에게도 마음뿐만 아니라 물질로도 정성을 쏟으며 손해 본 듯 살았던 어머니의 일생을 추모집에 소상하게 그렸다. 이 서책은 송석가족의 후손들이 우애를 다지고 좋은 가풍을 자자손손 이어가며 더 튼실한 가족나무로 성장할 수 있는 밑거름이 되길 바라며 발간했다. 출간기념회 행사를 '문학의 집'에서 펼치며 어머니와 동행했던 삶의 궤적을 훑었다. 그날 나는 행복은 그렇게 거창하지 않음을, 사소한 일상에서 피어남을 전하고 싶었다. 어머니가 휠체어를 탔던, 몸이 불편한 시기에 우리 가족은 더 자주 만났고 더욱 환하게 웃었던 그날들을 행사 순서에 포함시켰다. 그때 어머니와 함께 동요 부르며 율동했던 일, 어머니 애창곡 〈그네〉 부르기, 어머니가 좋아하는 꽃구경 하며 여행했던 일 등 일상의 삶이 잔치였음을 밝은 분위기로 재현했다. 사랑의 유산이 오래 오래 계속되길 바라며.

이제 송석가족은 74명의 대가족으로 불어났다. 미래 세대에게 전해줄 이렇게 잔잔한 이야기가 있어서 얼마나 훈훈한가.

사람들은 어떻게 그 엄청난 책을 만들었냐며 재계의 거부들을 가리키며 그들 가족도 하지 못한 일을 해냈다고 내게 등 두들겨 주었다. 나는 그때 갈망의 에너지가 넘쳤고 자석처럼 나를 끌어당기는 소명의식이 있어 밤샘도 거뜬하게 넘길 수 있었다. 오히려 신명이 나서 재미있게 마무리할 수 있었다. 누군가는 가보家寶라 했고 어떤 이는 가문의 영광이라고도 했다. 나는 이 모든 것은 사랑의 힘이라고 생각한다. 지금의 내 삶에는 송석가족과 함께 살아온 세월이 묻어있고 그들이 전해준 사랑의 온기로 내가 존재하지 않는가. 그들은 내겐 가장 크고 빛나는 별자리였다.

또한 보물로 여겼던 소박한 소장품이 일등공신이었다. 그들이 없었더라면 나는 이 세 권의 기념집을 어찌 제작할 수 있었겠는가.

늘 거기에 있을 것만 같던 세 사람이 내 곁을 떠난 그 자리에 세 권의 기념집이 남아있다. 이 서책을 곁에 두고 눈 맞춤 하는 것만으로도 내 영혼이 따뜻해진다. 내가 그들을 그리워하며 기억하는 한 그들은 늘 나와 함께 살아있다. 내 아이들도 그렇게 되길 바란다.

말로는 전해질 수 없는 이 이야기 족보가 시간과 공간을 뛰어넘어 대를 잇고, 그 정신을 잇고, 그 마음을 이어준다면 무엇을 더 바라겠는가. 이런 내 바람이 후손들의 영혼에 따뜻하고 깊숙하게 스며들기를 염원한다.

삶을 사랑하며 그 나름의 여유를 누릴 줄 아는 멋쟁이들.

살아온 세월의 토대 위에 세워진 그네들의 삶이
내 마음으로 파고든다. 꽃이 가득한 방에서 흠뻑
향내를 맡은 듯하다.

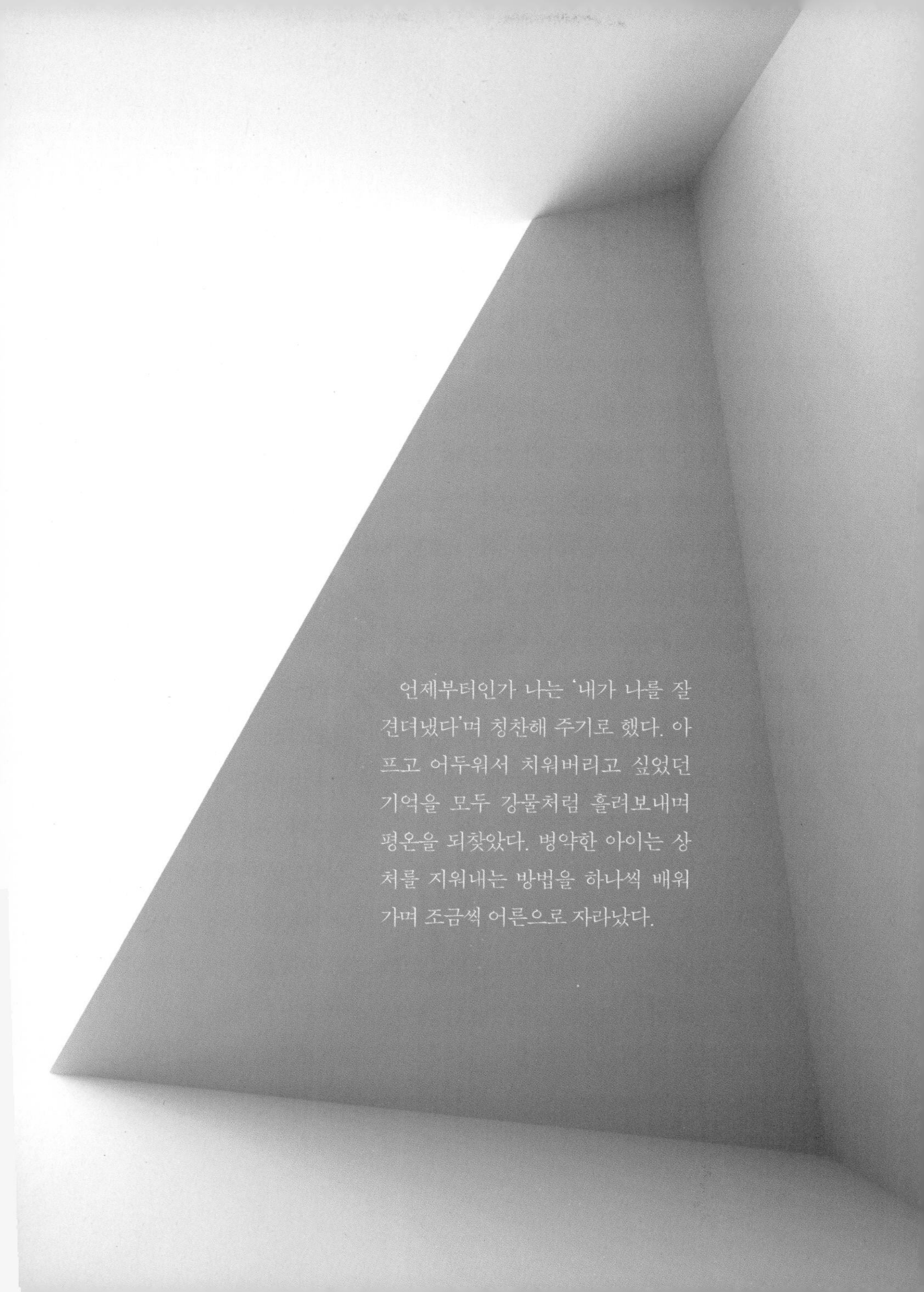

언제부터인가 나는 '내가 나를 잘
견뎌냈다'며 칭찬해 주기로 했다. 아
프고 어두워서 치워버리고 싶었던
기억을 모두 강물처럼 흘려보내며
평온을 되찾았다. 병약한 아이는 상
처를 지워내는 방법을 하나씩 배워
가며 조금씩 어른으로 자라났다.

내 이름을 가만히 불러본다. '김혜숙'. 많은 사람들이 부르는 공적인 이름이다. 세례명 '베아트리체', 아명 '아죽', 호 '송원'. 무슨 이름으로 살아가든지 잊혀지지 않는 꽃으로 추억할 수 있게 해야 하지 않을까.

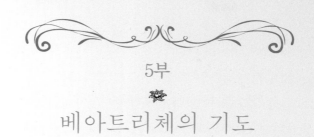

5부

베아트리체의 기도

보신각 종이 울릴 때

　섣달 그믐날이었다. 하루가 지나면 내 생애의 또 다른 한 해가 열리지 않겠는가. 나는 내 수첩에 다가올 한 해의 계획을 세우며 새날을 설계했다. 희망의 지평이 열리리란 기대감으로 한 획 한 획 정성껏 써내려가며 의욕을 담아냈다.

　갑자기 새해는 지금까지와는 다른 새 출발을 하고 싶어졌다. 거창하게 성스러운 의식이라도 치르고 싶은 마음이 되었다. 남편은 좋은 생각이 떠올랐다며 보신각 타종 현장으로 가보자고 제의했다. 매년 가보길 원했으나 쉽지 않은 일이었다. 나의 모든 일상을 내려놓고 가는 일인데 저녁 시간 이후의 집안일, 타종 이후의 집으로 돌아오는 일, 영하 10도 이하의 추운 날씨에 닥칠 후유증 등 쉽지 않은 일이었다. 허나 오랜 세월 동안 희망해온 일이었고 오늘따라 종소리가 그리웠다. 모든 것 내려놓고 보신각 현장으로 달려갈 생각을 하니 한껏 유쾌해져서 저절로 노래가 나왔다. "새 신을 신고 뛰어보자 팔짝 머리가 하늘까지 닿겠네" 새 신을 신고 뛰어오르는 어린애마냥 신나고 기쁨이 샘솟아나서 펄쩍펄쩍 뛰는 나를, 나도 못 말렸다.

　장식장에 수집해놓은 종들을 꺼내놓고 종소리를 불러모았다. 자유의 여신종, 나이아가라종, 영국장미종, 모차르트종, 캐나다종, 음표종, 사과종, 하회

탈종 등등. 종소리의 맑기나 여운도 제각각이고 재료, 색깔, 형태도 모두가 달랐다. 국내나 외국여행지에서 눈에 띄는 대로 모아둔 것이 꽤나 많이 수집됐다. 출입구나 벽에 매달아 놓은 장식종, 애들 방문 앞에 매달아 놓은 종도 차례차례 쳐봤다. 내 감성에 감응하는 종소리를 들으며 내가 왜 종 수집에 매달렸나 알 듯했다. 종소리는 내게 성스럽고 속됨의 경계를 깨우쳐주고 내가 흔들릴 때 나를 제자리로 돌려세우는 도구가 되어주지 않았나. 그래서인지 종 선물을 하는 때가 있다. 지금까지 종을 받은 이들은 특색이 있어서 영원히 기억될 선물이라며 퍽 좋아했다. 나는 기뻐하는 모습을 바라보며 종 선물을 계속 이어가리라 했던 때가 있었다.

밀린 집안일을 서둘러서 해치우고 새벽 귀가에 대비해서 저녁밥까지 든든히 먹고 강추위라는 일기예보에 맞춰 두툼한 방한복, 털목도리, 가죽장갑, 바지도 두 개나 껴입고 중무장하고 나섰다. 가슴 가득 소망의 불씨를 안고 타종 현장에 도착하니 젊은이들의 잔치마당이었다. 초등학생을 동반한 가족들도 있었지만 우리처럼 육십 대 부부는 별로 눈에 띄지 않았다. 새해에는 종소리를 들으며 새로운 삶과 새 세상을 맞이하고 싶은 의욕으로 나섰는데 나이가 대수인가.

세종로, 종로2가 교차로 구간과 광교, 안국교차로 구간 양방향의 차량통행이 전면 통제됐다. 일찍 온 덕분에 보신각종이 가장 잘 보이는 차도에 서서 타종이 되길 기다렸다. 열한 시 삼십 분이 되자 새해맞이 축하공연이 열렸다. 제야의 종 행사가 시작되니 함께 노래하고 춤추며 환호했다. 자정이 되자 댕-, 드디어 보신각종이 울렸다. 두 번째 종이 또 울리고 와-하는 함성에 휩싸여 세 번째, 네 번째 종이 계속 울렸다. 처음 종소리에는 건강을 담고, 다음에는 합격을, 이어 평화, 근면, 감사, 효도, 친절, 겸손, 사랑 등을 빌었다. 서른세 번째 울려 퍼지는 종소리를 끝으로 내 소망들을 마음속에 차곡차곡 쌓아 올렸다. 타종은 끝났지만 공명의 소리가 가슴 속으로, 머리로 번져 나갔다. 이어 은은하고 영원한 메아리가 되어 온몸 깊숙이 파고들었다. 들뜨고 미망에 빠진 내 영혼을 깨우고 잠들어있는 만물을 조용히 흔드는 초혼의 도구가 되었다.

새 세상을 맞이하려고 온 세상이 들썩이고 소용돌이치는 인파 한가운데서 두 손을 합장하며 뜨거운 마음으로 기도를 올렸다. 주위의 모든 사람과 사물이 제자리에서 제 역할을 다해 주는 것도 고맙고 무엇보다 성소에서나 체험할 법한 신비로운 느낌도 특별한 경험이었다. 어느 날인가 영성체를 모시기 전에 울려 나온 맑고 청아한 좌종소리에 예기치 않은 속울음이 터져 나와 옆 사람에게 방해주지 않으려고 입을 누르며 무던히 애썼던 적이 있었다. 오늘, 나는 장엄한 미사를 드리며 영성을 체험한 그날처럼 뜨거운 기운이 온몸을 감쌌다. 오늘 내가 들었던 제야의 종소리에는 어떤 성가보다 더한 계명과 설법이 깃들어 있었다.

우리나라 사찰 어디엘 가도 크고 작은 종들이 있다. 그 숱한 종들 중에서도 내소사의 동종이 예술적 가치나 아름다움, 역사적 가치에서 가장 돋보였고 인상적이었다. 오대산 상원사동종은 약 1,300년 전에 제작된 우리나라에서 가장 오래된 종으로 한국적인 양식이며 소리가 장중하고 아름다워서 국보로 그 가치를 인정받고 있다. 언젠가 미국서 온 둘째 언니와 막내 남동생과 함께 상원사동종 소리가 듣고 싶다면서 종각 주위를 돌며 소원을 빌었던 적이 있었다. 종을 칠 때 울려 나오는 소리로 더 유명한 에밀레종은 우리 모두에게 고풍스러운 모습, 아름다운 비천상 무늬, 19톤의 무게와 거대함으로 잘 알려져 있고 특유의 맑은 소리는 백 리 밖에서도 들을 수 있어서 더욱 귀하고 값진 국보이다. 이 종을 독일의 고고학자 켄멜은 한국의 대표적인 종일 뿐만 아니라 세계 제일의 종이라고 찬사를 아끼지 않았다. 이런 국보급의 범종에서 울려 나오는 소리는 맑고 여운이 오래 남는 것, 장중한 아름다움을 내는 것, 애조를 띄우는 종 등 각각의 특성을 지니고 있다. 종소리의 느낌이야 어떻든 절집에서 아침저녁에 울리는 종소리에는 백팔번뇌로부터 벗어나려는 깨달음과 무아의 세계로 빠져들게 하는 깊은 울림이 있다.

　이제 새해가 시작되었다. 한 해의 마지막과 새해의 첫날을 동시에 맞이한 보신각 현장에서 나는 새로운 세상과 새 삶이 시작되길 바라며 뜨거운 마음을 진정하고 돌아 나오는데 목이 허전했다. 목에 두르고 나온 검정 여우목도리가 없어졌다. 세상 떠난 친구 영이와의 인연이 짙게 배어있었던 소지품인데 나를 떠난 목도리에 미련이 남아 자꾸 뒤돌아보고 두리번거려도 보이질 않았다. 내가 흘렸는지, 기도하는 중에 누가 의도적으로 가져갔는지. 아무리 짐작해 봐도 알 수가 없었다. 내가 분실했길 바라며 칼바람 부는 맹추위에 주운 이가 털목도리를 따뜻하게 사용하길 바라며 아쉬운 마음을 다독였다. 그래도 허전한 마음이 남아 '잃는 것이 있으면 얻는 것도 있겠지.' 하며 날 위로했다. 더 깊이 생각해보니 물신주의에 빠진 내게 좀 더 버리고 살며 집착을 끊으라는 계시 같기도 했다. 작은 사건에서 지난 과거를 성찰하고 새로운 삶을 살라는 의미로 재해석했다.

보신각 타종 행사에 참여한 올해는, 다른 해와 출발부터 다르지 않았는가. 정결한 의식이 있었고 털목도리로 인한 깨달음도 있었으며 소망도 차례차례 띄워 보내기도 했다. 가진 것 내려놓고 낮아지고 겸손해질 것도 다짐했다. 이제 누구에게나 손을 내밀며 가까이 다가가련다. 종이 속을 비운 이유는 멀리까지 소리를 울리기 위함이라고 했다. 서른세 번의 종소리가 나를 비우고 하늘, 땅, 자연, 사람을 포함한 모든 생명체가 축복받으며 잘 살아가는 데 작은 힘이라도 꼭 보태어 평화로운 세상을 이루라고 하잖은가.

눈꽃 송이가 하나둘 하늘가를 맴돌며 춤추고 있었다. 제야를 아름답게 장식하고 새날을 힘차게 펼쳐주는 서설이리라.

내 마음의 여행

나는 외롭지 않다고 늘 되뇌곤 한다. 할 일이 많은 날은 일에 파묻히다 보면 어느새 시간이 훌쩍 지나가고 하루해도 금방 저문다. 일정이 잡혀있지 않아서 혼자 있는 날은 책 읽고 글 쓰며 혼자서도 잘 논다. 처음부터 그랬던 건 아니지만 하다 보니 만족감도 생기고 보람도 찾아와서 이 시간을 은근히 기다리게 된다. 요즘 나는 책 읽고 글 쓰는 일이 없었다면 무슨 일을 하고 있었을까 생각해 본다. 특기도, 취미도, 내세울 자랑거리가 없는지라 전혀 감이 잡히지 않는다.

40대 중반 무렵, 나는 퇴직 후 노후를 설계했던 적이 있었다. 책가게 아니면 꽃가게를 낼까, 서예를 할까 등 몇 가지를 구상해 봤지만 마땅한 일거리를 찾지 못했다. 가게는 그곳에 묶여서 자유로울 수 없을 테고, 장사 수완도 그다지 좋은 편은 아닌 듯해서 먼저 제외시켰다. 한문 서예는 서예가인 아버지 영향을 받아서 얼마간 붓글씨 공부를 했지만 재능도 부족하고 너무 늦었다는 느낌에 그만 손을 들고 말았다. 그 무렵 우연히 내가 언니에게 쓴 편지글을 읽은 선배 교사의 권유로 수필 쓰기의 길로 입문하게 되었다. '수필은 40대 이후의 글'이라며 인생의 맛을 음미할 수 있는 지금이 최적기라며 힘과 용기를 북돋아 주었다. 자석에 이끌리듯 그분의 말씀에 빠져들어 수필 세

191

계의 길 안내를 받으며 오늘에 이르렀다.

교직 생활 중 글쓰기는 나뿐만 아니라 우리 반 아이들에게도 도움이 되었다. 동시 쓰기나 일기 쓰기는 물론 전반적인 글쓰기 공부에 자신감을 갖는 학생들을 대하는 일은 흐뭇함을 넘어서 보람 있는 일이 되었다. 학급문집을 발간했던 일, 학교 교지를 출간했던 일, 학생들이 개인문집을 펴낼 수 있게 글쓰기에 진력했던 일은, 내가 글쓰기 공부를 선택하지 않았더라면 가능했을까. 더욱이 세상의 고통을 나 혼자 짊어진 듯한 순간을 맞이할 때, 외로움에 빠져들 때, 인간관계에서 서운함이 느껴질 때, 글쓰기에 몰입하면서 이내 평정심을 되찾을 수 있었다. 그 과정에서 늘 나 자신과 만날 수 있었고, 수시로 마음의 여행을 떠날 수 있었다. 여행길에서 에너지를 얻었고, 영혼을 성장시킨 순간도 만났다. 안 쓰고는 못 배기는 절박한 때에도 무아지경에 머무를 수 있었고, 나를 두고 가버린 님에 대한 그리움도 품을 수 있었고, 내 꿈을 그곳에 오롯이 담기도 했다. 이 모든 일들이 다섯 권의 책으로 추수되어 수확의 기쁨까지 얻게 되었으니 그 고마움이 한량없다.

글쓰기는 내 인생길에서 세상의 욕망을 버리는 여유를 찾게 했고, 무심코 지나쳐 온 사물도 아름답게 바라볼 수 있는 눈을 틔워 주었다. 한 세상 이렇게 살다가 나를 대신할 수 있는 '글'을 남기고 떠나는 것도 괜찮을 듯하다. 그도 욕심인가.

일요일을 기다리며

나는 늘 일요일이 기다려진다. 성당에 가기 위해서다. 하느님께 죄송하고 부끄러운 일이지만 훌륭한 신부님의 강론에 매료되어서도 아니고 신심이 뜨거워져서 그런 건 더더욱 아니다. 일요일, 그곳엔 나를 친동생처럼, 혹은 사랑스러운 조카처럼, 때로는 귀여운 딸 대하듯 자애로운 눈빛으로 손잡아주고 등 토닥여주는 여섯 언니가 반갑게 맞이해주기 때문이다. 나이가 나보다 여섯에서 열여섯 살 많은 이 어른들은 아이처럼 순수하고, 정이 철철 넘쳐서 만나기만 해도 편안해지고 가슴이 따뜻해진다.

우리들의 상봉은 주일 미사가 끝나고 성당 내 만남의 방에서 이뤄지는데, 마치 오래도록 헤어진 자매가 상봉하듯 얼싸안기도 하고 때로는 하이파이브하며 손바닥이 얼얼해지도록 힘차게 맞부딪치기도 한다. 만나는 순간부터 웃음이 만발하고 가방 속에서 차나 간식이 튀어나오고 선물이 삐죽이 고개를 내밀 때도 있다. 이번에 만나면 어떻게 기쁨을 드릴까 한 주일 내내 궁리하지 않나 싶다.

한마디로 '당신 멋져'인 이분들은 두고두고 내가 배우면서 따라가야 할 나의 모델들이다. 당당하고, 신나고, 멋지고, 져주며 살아가는 이들의 삶은 얼마나 역동적인지 '나이야, 가라' 팀이라고 불러주고 싶다.

우리는 가끔 상암 월드컵경기장에 태극기를 들고 나타나는 때가 있다. 국내경기일 때는 덜하지만 국가대표팀 경기일 때는 흥분해서 태극기를 힘차게 흔들며 응원한다. 우리 대표팀이 득점하는 순간에는 엉덩이에 스프링이 부착된 듯 벌떡 일어나 노루처럼 펄쩍펄쩍 뛰어오른다. 가슴 밑바닥에 조용히 가라앉아 있던 '열정'이란 녀석이 폭발하는 순간이다. 나 혼자 뛰는 것이 아니라 함께 방방 뛰며 와-와-! 하며 응원하고 박주영 등 선수의 이름을 목청껏 부르거나 대-한민국을 외치며 소리 지른다. 이 엄청난 에너지를 발산하는 모습은 상상을 초월할 정도여서 서로의 동작을 바라보며 폭소를 터뜨린다.

또한 우리는 영화, 뮤지컬, 음악회, 전시회 등 문화체험에 나설 때도 있는데 특히 뮤지컬을 좋아한다. 뮤지컬 삼총사 공연이 있었던 어느 날, 공연이 끝나고 커튼콜 순간에 관객은 모두 기립 박수하며 뮤지컬의 진수를 보여준 배우들에게 뜨거운 감동을 전했다. 폭발적인 호응에 배우들도 계속 무대를 드나들며 답례하는데, 삼총사 중 바다의 사나이인 포르토스의 바리톤에 반한 우리들은 그 역할을 멋지게 연기한 배우 김법래의 이름을 연호하며 고양된 기분을 맘껏 발산했다. 그 순간 우리들의 가슴은 청춘을 구가하는 젊은이들보다 더 뜨거워졌다.

이 어르신들의 지혜의 샘, 정서의 샘은 마르지 않는다. 인터넷이나 책에 실린 좋은 글, 생활정보, 건강 상식 등을 복사해 와서 분위기 살려 낭독하며 정보를 공유한다. 또 편지나 카드를 써서 생일, 부활절, 크리스마스를 축하하며, 좋은 일이 생길 때도 마음을 담아 써 보내고 함께 즐거워한다. 육필이 그리운 이 시대에 정이 묻어나는 편지는 귀하고 반갑다. 몇 번이나 외국에서 사온 성인 성녀 사진이 든 팔찌나 목걸이 등 귀한 선물을 내미는 일, 직접 재봉한 속옷이나 생활 소품 등을 건네는 일, 집에서 손수 만든 떡이나 약식, 강정 등의 한과를 나눠 먹는 일 등 정겨운 장면도 수시로 찾아온다. 내가 입는 옷과 어울린다며 당신의 스카프를 풀어 내 목에 예쁘게 매어 줄 때나 손자와 단둘이서 도쿄 디즈니랜드에 다녀와서 무거운 미키마우스 초콜렛 깡통 가방을 내 손녀에게 전하라고 할 때는 이분들의 사랑에 코끝이 찡해온다. 내가 사랑하는 사람들까지 마음 써주고 배려하는 그 인정에 이끌려 인연의 줄을 더욱 팽팽하게 당겨본다.

호시노 도미히로의 일본어 시화집 『방울이 울리는 길』을 한국어로 번역해 감동을 전하는 분이 있고, 여러 권의 책을 출간한 이, 환경 운동 선구자, 유학 이민 사무를 탁월한 능력으로 처리하는 현역, 침과 뜸을 사용하여 남편과 함께 무료봉사하며 병을 고쳐주는 이들. 모두 인정 많고 재능도 뛰어나며 봉사도 잘하지만, 더욱 좋은 것은 연륜에서 느껴지는 그윽한 향기다. 그 향내는 끝이 없어서 나들이 후엔 내 자리뿐만 아니라 주변 청소, 자신의 아파트 주위의 담배꽁초 등 오물 치우기, 음식물 남기지 않기, 쓰레기 분리수거 등 자연보호 선봉에 나서는 분들이다.

꽃은 바람 앞에 서 있지 않아도 늘 향기를 풍긴다. 늘 향기를 품고 있는 이분들은 우선 잘 웃고, 긍정적이며 칭찬을 아끼지 않는다. 호기심도 많고 끝없이 베푸는 공통점이 있다. 이분들이 곁에 있어서 나는 행복하다. 우리들의 삶과 일생은 모두 만남 속에서 이뤄진다. 이들을 통해서 내 삶이 더욱 풍성해지고, 좋은 기운이 상승하며, 슬기로움을 더할 수 있다면 이게 바로 행복이 아니겠는가. 좋은 인연을 소중히 여기며 내 미래의 거울에 이들의 삶을 담아보리라. 오늘도 그들을 떠올리며 일요일을 기다린다.

유년의 상처

　급한 일이 생겨서 허둥대다가 넘어졌다. 무릎에 피가 나고 상처가 생겨서 연고를 바르고 밴드를 붙여 상처를 마무리했다. 양 무릎에 옹기종기 붙어 있는 상처 자국이 눈에 많이 띈다. 그 흔적들을 바라보니 시간 저편에 묻혀 있던 유년의 기억들이 내 눈앞에 다가온다.

　나는 어렸을 적에 병약한 아이였다. 몸조차 가누기 힘들어하는 내게 돌림병인 홍역이 내 몸에 둥지를 틀고 나를 괴롭히기 시작했다. 온몸엔 열꽃이 피어나 신열에 들뜨게 했고 눈 주위엔 눈곱이 다닥다닥 붙어서 눈을 뜰 수 없었다. 입 가장자리는 늘 찢어져서 진물이 배어 있었고 발작적인 기침은 쉽게 멈춰지지 않았다. 병마와의 길고 힘든 싸움은 도무지 끝이 없었다. 부모님은 내가 앓아서 끙끙댈 때마다 내 병의 깊이만큼 함께 앓으셨다. 아버지와 어머니를 제외하곤 아무도 내게 접근하지 않았다. 전염될까 봐 겁이 났을 뿐만 아니라 온몸에 벌겋게 발진이 돋아난 조그만 여자애의 추하고 지저분한 모습을 어느 누가 대하고 싶었겠는가.

　너무나 오랫동안 고통이 지속되다 보니 가끔씩 사그라질 듯 잠이 들었다. 그때마다 눈 떠보라며 나를 깨우는 어머니의 외침은 비명에 가까웠고 그 빈도는 점점 더해갔다. 어떤 날은 기운이 소진되어 일어나 앉기도 힘에 겨워

누워있기만 했다. 급기야 다리에 마비 증세가 나타났고 한 걸음도 떼지 못하는 심각한 상태에 이르렀다. 어머니의 애간장을 녹이며 나는 바깥세상과 유리된 채 외로움과 병고에 시달렸다.

그 무렵은 육이오 전쟁이 종식되기 직전의 암울한 시기여서, 홍역에 걸려 제대로 치료받지 못하고 세상을 뜨는 애들이 꽤 많았었다. 병원도 치료 기능을 다 하지 못하고 약품도 공급이 되지 않은 상태에서 생명의 불씨를 꺼뜨려 가는 딸자식을 바라보는 내 부모님의 심정이 오죽했겠는가.

내가 첫아이를 낳고 얼마 되지 않아서 그 아이가 천식으로 첫소리를 내며 쌕쌕거릴 때 의사선생님은 오늘 밤이 고비라고 했다. 잘못될까 봐 작은 아이의 가슴에 귀를 바짝 대고 숨소리를 들으려고 밤새 아이를 지켰던 그 밤을 어찌 잊겠는가.

어머니에게 아이는 세상의 중심이다. 그런 아이를 잃지 않으려고 내 어머니는 여기저기 수소문 끝에 의사는 아니지만 의학상식이 있는 어떤 이를 찾아냈다. 그때, 나는 피부에도 2차 감염이 진행됐고 온몸에 종기가 널리 퍼졌다. 특히 증상이 심했던 어깨 아래 왼팔은 살이 썩어들어 갔고 그곳엔 구더기가 생겨나 차마 바로 볼 수도 없었다. 그분은 더 이상 미룰 수 없는 상황임을 감지하고 마취도 하지 않고 소독되지 않은 기구를 이용하여 용감하게 수술을 단행했다. 피고름과 썩은 살을 도려내고 약간의 상비약을 환부에 발라주고 응급조치는 끝났다. 그때의 상황으론 그가 베풀 수 있는 최대의 자선이었다.

그 후로도 내 투병생활은 계속됐지만 오복 중 생명줄 하나는 짧지 않게 태어났는지 그러구러 차도를 보이기도 하고 가끔은 헛소리를 내며 사경을 헤매면서도 결국은 목숨을 부지할 수 있게 됐다.

이때, 눈부시고 가슴 설레는 일곱 살이 나에게 찾아왔다. 초등학교 입학식! 언니와 오빠들처럼 나도 학생이 될 수 있는 기회가 왔다. 아파도 넘어져도 나는 학교를 가고 싶었다. 드디어 내 소망이 이뤄져 초등학교(당시는 국민학교) 신입생이 되었다. 그러나 현실의 벽은 간단치 않아서 새처럼 가느다란 다리로 겨우 학교에 다니다 보니 바람만 세게 불어도 넘어졌고 애들이 살짝 밀치기만 해도 힘없이 쓰러졌다.

지금도 내 무릎엔 그때의 크고 작은 상처 자국들이 빈틈없이 채워져 있어 병약했던 그 세월을 어루만지게 한다. 친구들이 서로 어우러져 운동장에서 신나게 뛰어놀 때도, 공기놀이, 줄넘기, 사방치기, 땅따먹기 놀이할 때도 늘 혼자였던 어린 날의 기억들이 아픔 되어 찾아온다.

일학년이었던 그해 칠월, 육이오 전쟁이 종식되었고 사람들은 너나 할 것 없이 가난했으며 위생상태도 엉망이었다. 나 역시 개인위생이나 건강은 보잘것없었으며 명절을 제외하곤 목욕도 자주 할 수 없었고 영양 섭취가 제대로 될 리 만무했다. 게다가 마르고 핏기 없었으며 움푹 패인 퀭한 눈에 입 양쪽 가장자리는 헐어서 입이 자꾸 커져갔다.

그 해, 내 통신표(지금의 학교생활통지표)에는 '병약하고 용의가 단정하지 못함'이란 글귀가 또렷하게 적혀있었다. 추녀임을 드러내놓고 내보인 공식 장부는 치명적이었으며 불에 덴 자국처럼 오랫동안 내 가슴에 또 다른 상처로 깊숙하게 남아있었다. 너무나 부끄러워서 감추고 싶었던 이 통신표를 장롱 깊은 곳에 숨겨두고 누가 볼 새라 그 위에 이중 삼중 벽을 쳐 두었다.

언제부터인가 나는 추녀 사건이 내 잘못이 아니었고 홍역으로 생사의 경계선을 넘나들던 때의 일이며 그때가 하필 전쟁의 소용돌이 속을 헤쳐 나온 시기란 걸 애써 내게 각인시켰다. 너나없이 살아남은 것만으로도 축복받아 마땅한 일이 아닌가. 따뜻하게 내가 나를 잘 견뎌냈다며 칭찬해 주기로 했다. 아프고 어두워서 치워버리고 싶었던 그 기억을 모두 강물처럼 흘려보내며 평온을 되찾았다. 아이는 상처를 지워내는 방법을 하나씩 배워가며 조금씩 어른으로 자라났다.

그 후, 나는 내가 듣고 싶지 않은 말은 남에게도 들려주지 않으려고 말을 삼갔다. 누군가에게 생각 없이 던진 말과 글이 충격으로 다가오고 아픔과 부끄러운 상처가 된다는 것을 누구보다 절절하게 체험했기에.

이제 나는 그 일을 반면교사로 삼아 좋은 말로 희망과 용기, 기쁨을 주려고 노력한다. 행복과 신뢰를 쌓는 큰 선물이 되길 바라며. 나를 아는 이나 모르는 어떤 이에게도 아름답고 고운 글을 기회가 닿는 대로 띄워 보려 한다.

다시 내 왼팔과 무릎의 상처 자국을 본다. 오늘 내게 주어진 삶을 은총으로 생각하며 살아갈 수 있게 해준 내 생명의 은인인 반쪽 의사였던 그분을 찾아봐야겠다. 반세기가 훌쩍 더 흘러간 지난 일을 기억하고 있을까. 아직도 살아있을지, 어떤 모습일지 자못 궁금하다. 애써 잊고 지내려 했던 그 세월을 흔들어 깨워준 상처들. 그 위에 고운 무늬가 덧입혀진다.

베아트리체의 기도

성당문을 밀치고 들어섭니다. 나는 자리에 앉으며 눈을 감고 계속 중얼거리고 있습니다. 한참을 그렇게 속삭이듯 말하다 보면 이내 어둑했던 가슴에 빛이 들어오는 느낌이 듭니다. 나는 세련되게 기도할 줄을 몰라서 내게 익숙한 언어로 늘 그분에게 간청합니다. 내 마음속에 쌓인 생각을 일방적으로 전하기도 하고 일렁이는 파도를 잠재워주길 청하기도 합니다.

그분이 내게 아무 말씀을 하지 않아도 서운하지 않습니다. 내 기도는 유아의 발음처럼 서툴러서 제대로 전달되지 않을 수도 있으니까요. 언젠가 내 기도가 세련되게 전달될 때 그분의 말씀을 듣게 되겠지 하며 날 위로합니다.

만족스럽진 않지만 괜찮습니다. 눈을 감고 서툰 기도라도 올리고 나면 마음 깊은 곳에 얽히고설킨 생각의 갈피들이 정리되는 것 같기도 하고 우는 아이에게 떡 하나 더 주는 심정으로 소원도 이뤄줄 것 같아서 마음이 편해지니까요.

어제는 견진성사가 있는 날이었지요. 저는 비로소 어른이 된 거래요. 그런데 그렇지 않은가 봐요. 신부님 앞에 서 있기만 했는데도 가슴이 뜨거워지고 흐르는 눈물을 막을 수가 없었습니다. 저는 왜 이렇게 어린애처럼 행동할까요. 체통도 없고, 감정통제 기능도 마비되고, 참으려고 하면 더욱 심해져요.

내 가슴에 일었던 그 뜨거움의 정체는 무엇이었을까요.

세례받을 때도 거의 비슷한 경험을 했습니다. 신부님이 '베아트리체'를 부르며 차가운 물로 세례를 해 주시는데 가슴이 벅차오르며 눈물이 주르륵 흘러내렸어요. 누가 볼까 봐 눈을 깜빡거리며 이미 흘러내린 눈물을 떨어뜨리려고 해도 자꾸 새로운 눈물이 나오는 거예요. 대신 답답한 가슴이 시원하게 열리는 느낌이 들어 합장한 두 손에 더욱 힘을 주었답니다. 그때, 나는 '베아트리체'란 이름으로 새 생명을 얻었어요. '신의 축복을 받은 자'란 뜻이 담겨 있다네요. 단테의 『신곡』에 나오는 베아트리체가 생각나서 참 좋아하는 본명입니다. 축복을 받을 수 있도록 내 신앙도 성숙해져야 하겠지요.

세례뿐만 아니라 견진성사 때도 나의 대모가 되어주신 김지상 선생님은 나를 바른 신앙인으로 거듭날 수 있도록 배려해주시고 보살펴 주셨습니다.

세례, 견진성사 때 대모님, 가족, 친지, 교우들로부터 마음에서 우러나오는 축하를 너무 많이 받은 탓에 가슴이 훈훈해지는 감동을 크게 맛보았습니다. 많은 사람으로부터 사랑받고 있다는 느낌 때문인지 저절로 감사의 기도가 새 나왔습니다.

'하느님, 감사합니다. 저는 사랑을 빚지고 있습니다. 이 사랑을 다른 이들에게 힘껏 전하겠습니다. 살아있는 동안에 보답하고 가게 해주소서.'

사실, 나는 김지상 선생님의 모범적인 삶을 바라보며 그가 믿는 종교라면 나도 따르리라 다짐하면서 남의 권유 없이 스스로 신앙생활을 시작했습니다. 몸소 보여주는 가장 적절한 선교활동인 셈이었죠. 주위 사람을 다독이고 어루만지는 사랑, 배려와 인정, 재활용을 비롯한 환경 운동, ㅂ문학에 쏟는 열정, 잠언처럼 느껴지는 귀한 말들, 사후 신체 기증 등 그의 삶은 양파껍질처럼 늘 새로웠고 놀라움의 연속이었습니다. '사랑의 화신'인 마더 테레사 수녀님이나 김 선생님과 같은 분들을 생각하거나 보기만 해도 선해진다네요. 이웃사랑을 실천하면 즐거움이 따라오고 병에 대한 면역력도 길러진다고 하더군요. 그게 '테레사 효과'라고 들었어요. 테레사 효과를 경험하며 나의 후원자가 된 김 선생님의 흉내를 내보려고요. 나는 창의력은 부족하지만 '따라 하기'는 비교적 잘할 수 있을 것 같아요. 흉내 내다 보면 닮아갈 수 있으리라 생각하며 기도를 올립니다.

'올해 마지막 한 달이 남았습니다. 기부 천사들의 훈훈한 얘기도 전해지지만 우리 사회에 불어닥친 한파로 이 겨울이 더욱 추운 이들이 늘어나고 있습니다. 내가 무엇을, 어떻게 도울까 생각하는 착한 이들로 이웃사랑이 넓고 깊게 스며들게 하소서. 사랑의 힘으로 어려운 이들이 훈훈한 겨울을 맞게 되길 비나이다.'

역시 내 기도는 서툽니다.

또 다른 내 이름

❀

내 이름을 가만히 불러본다.

'김혜숙'. 많은 사람들이 부르는 공적인 이름이다. 워낙 작고 가벼운 품격으로 살아가고 있어서 보여줄 것도, 도드라지게 나타날 것도 없다. 둥글둥글 모나지 않게 조용히 사는 편이다.

다음엔 '베아트리체'라며 성당 교우들이 불러주는 나의 세례명이 있다. 내가 태어난 7월과 '축복받은 자'라는 성녀의 이미지와 구원의 여인 베아트리체가 떠올라서 기쁘게 정했다. 요즘 나는 기도하며 수선화 알뿌리처럼 아름다운 꽃을 피우기 위해 나를 정신적으로 단련시키며 마음공부 하는 중에 있다. 향기롭고 아름다운 모습으로 다시 태어나고 싶다.

인터넷 세상에서는 아죽雅竹으로 표기된다. 내 아버지가 아명으로 지어준 이름이다. 아버지께서 세상 떠나신 지 삼십여 년이 지났건만 닉네임으로 사용하며 그리워한다. 아죽을 떠올리면 아버지가 늘 나와 함께 숨 쉬고 있는 듯하고 어린 시절이 떠올라서 이 이름이 참 좋다.

자주 불리는 이름은 아니지만 송원松園이라는 호가 있다. 시·서·화에 능하셨던 ㅅ회장님이 지어주셨는데 내 아버지의 호가 송석松石이라서 아버지와 인연이 엮어진 듯해서 감지덕지 받아들였다. 소나무는 의젓한 자태와 푸른 기상을 지니고 있어서 얼마나 고결한가. 나는 그렇게 살지 못하지만 나이 들수록 기품이 드는 소나무에게서 배우며 이후의 내 삶을 재정립해야 하지 않을까.

퇴임 전, '김혜숙 선생님'이라고 불리던 시절의 별명으로 '원자폭탄'이 있다. 잘 웃어서 싱글이 벙글이로 살았던 그 시절에 나는 초등교사가 천직이라고 생각했다. 서울북가좌초등학교에서 근무했던 어느 날, 종례시간에 내가 터뜨린 폭소탄으로 박장대소했던 기억이 오랫동안 잊혀지지 않는다. 행복전도사로 등장하는 웃음과 관련된 별명을 얻어서 참 다행이다.

또 내게 붙여진 많은 호칭이 있다. 어머니, 할머니, 아주머니, 언니, 동생, 누나, 딸, 작은어머니, 큰어머니, 이모, 고모, 외숙모, 제수, 형수, 처제, 처형 등등. 내 위치와 역할에 따라서 각기 다르게 불린다. 그 호칭들은 내 존재 이유를 설명하고 있으며 또한 의무를 부여하고 있다. 불려지는 호칭에 따라서 감당해야 할 몫이 제각각 다르다. '나는 너에게/ 너는 나에게/ 잊혀지지 않는 꽃이 되고 싶다.'던 김춘수 님의 시 「꽃」처럼 호칭이 무의미하지 않게 따뜻하고 아름답게 기억되었으면 좋으련만. 어쨌든 품위를 잃지 않고 지혜롭게 살아야지. 그러기 위해서 나 자신을 돌아볼 거울을 맑게 닦아두고, 잘 살아서, 잊혀지지 않는 꽃으로 추억할 수 있게 해야 하지 않을까.

무슨 이름으로 살아가든지 내 유언장에 '원껏 사랑하고 사랑받으며 잘 살다 갑니다. 내 모든 것을 다 주고 싶은 이들이여 안녕!'하며 내 안의 별이었던 이들을 떠올리며 행복하게 떠나고 싶다.

문화 사랑방

　　나는 '문화 사랑방'을 꾸미고 싶은 소망을 품고 살아왔다. 여건이 성숙되지 않아서 생각의 탑만 부지런히 쌓아 올리고 있었다. 누구든지 호흡이 맞는 이들과 함께 책을 읽고 토론하며 문화 예술을 얘기하고 싶었다. 그 만남이 나와 다른 이들의 삶에 무언가를 가득 채워주며 행복을 심는 일이라면 더 바랄 것이 없겠다고 생각해 온 터였다.

　어느 날 내게 이 모든 것을 가능하게 해줄 수호 천사가 나타났다. 그녀는 종교나 예술, 인문학에 대한 수다를 나눌 수 있는 '문화 수다꾼'을 찾고 있었다. 구성원들 모두가 책을 좋아하고 감수성이 풍부하고 성격이 모나지 않은 사람이면 좋겠다고 했다. 이견은 없었고 수다 친구들은 어렵지 않게 정해졌다.

　나는 공간이 확보되길 바라며 이 일을 서두르지 못했는데, 그는 기동력으로 바로 실천 행보에 나섰다. 운전대를 잡은 그녀는 승용차 한 대로 움직일 수 있는 경제 인원을 태우고 장소를 옮겨 다녔다. 매주 주말, 눈이 멎고 마음이 멎으면 그곳이 '문화 사랑방'이 되었다. 좌장도 없고, 격식도 없는 그야말로 '수다방'이었다. 화랑처럼 경치가 수려한 산과 계곡, 강과 시냇가를 찾아 다녔다. 박물관, 찻집, 정자, 음식점, 성당 등 조용한 곳이면 어디든지 가리지 않았다. 독서와 토론, 문화 예술 전시, 강연 내용 등 주제는 자유로웠다.

때로는 자기 머리와 어깨에 짊어진 삶의 십자가를 풀어내며 신상을 털어내기도 했다. 부끄럼도 자랑인 양 떠드는 때도 있었다. 경이로움을 맛보기도 하고 어떤 때는 풍요로움이 가슴 복판으로 파고들기도 했다. 물소리, 바람소리 들으며 계곡에서 가곡과 동요를 부를 때면 순수한 어린 시절로 돌아간 듯했다. 좋은 기운이 퍼져나가 홍조를 띤 얼굴은 아름다웠다. 향기로운 길 하나 내고 있구나 싶었다.

문화 예술을 향유하고 싶은 마음은 누구에게나 내재되어 있다. 품고 있던 생각과 소망이 누군가를 만나 이뤄지는 인연이 귀하고 고맙다. 나의 평범한 일상을 활력으로 채워주고, 감각을 새롭게 하고, 사유가 깊어지게 하는 수호천사가 있어 정말 든든하다.

어느 날 그녀가 햇살처럼 다가와 더불어 기쁨을 맛보게 했다. 이 얼마나 신나고 멋진 일인가. 그녀는 재미있기도 하다. 조금 수다가 길어지는 듯하면 분위기를 바꿔 '사랑, 기쁨, 행복/ 감사, 미소, 좋아!/ 자비, 자비, 자비'를 구호처럼 따라 하게 하면서 가볍게 건강체조도 가르쳐 준다. '감사 미소' 경영으로 사업을 잘 일궈 낸 CEO이기도 하다. 옛날 동료 교사였고, 성당 반주자이고, 오랜 세월 동안 결핵 환자를 돌보는 일 등 신심 깊은 신앙인이기도 하다. 그녀 곁에서 좋은 기운을 받은 탓인지 행복의 자장이 넓게 퍼져나가는 듯하다. 덕분에 종교, 예술, 문화, 인간을 탐구하는 일에 관심이 모아진다.

'문화 수다' 놀이는 내 가슴에 문을 내주었다. 그곳으로 구름도, 폭우도, 바람도, 햇살도 오가게 했다. 책 속의 인물, 그날 대화의 주인공, 자연과 사물도 자유롭게 드나들었다. 이 문을 통과하면 모두가 마음의 친구가 된다. 말을 걸고 손잡아 주고, 서로의 교류가 활발해진다.

읽은 책에 대해 수다를 풀려면 몰입해서 읽게 됐고 따라서 감정이 이입되어 책을 읽고 나면 박하향처럼 달콤했다. 돌아가며 차례대로 낭독할 때면 실감 나게 읽으면서 기쁨을 나눴다. 초등학교 6학년 어린이의 동시 「껌 같은 사람」을 읽을 때 특히 울림이 컸다. 시 속에 빠져들어 우리 수다꾼들은 많은 대화를 나눴다.

껌은 빳빳하지요/ 그러나 입속에 넣으면/ 사르르 녹지요/ 아무리 나쁜 사람도 껌과 같지요/ …누군가 사랑으로 감싸주면/ 껌과 같이 사르르 녹겠지요….

세상에는 나쁜 사람이 따로 없다. 그들은 환경의 지배를 받았을 뿐이다. 모두가 손잡아 주고 따뜻한 시선으로 도와주면 선한 사람이 될 수 있다는 어린이의 시선과 놀라운 발상에 감탄했다. 조금 과장일지 몰라도 톨스토이나 도스토옙스키의 소설과 맞먹는 주제가 아닐까 생각했다. 감동의 무게는 가볍지 않았다.

'네 이웃을 사랑하라'는 예수님의 말씀과 맞닿아 있고 특히 가장 힘들고 어려운 사람을 대할 때 어떤 자세를 견지해야 하는지 짧은 행으로 잘 표현하고 있지 않은가. 산뜻한 시 속으로 빠져들어 나도 이런 살아있는 글을 쓰고 싶다는 열정이 넘쳤던 독서회였다. 돌아가며 낭독하니 실감 나게 읽게 되고, 감정도 따라서 증폭되었다. 함께 한다는 연대감에 모두 흡족해했다. 공감하며 감동을 실시간으로 전하다 보니, 삶이 풍요로워졌다. 모임이 잘 꾸려지는 듯해서 다행이라는 생각이 내내 들었다.

주말이면 새로운 장소, 새로운 이야깃거리가 생겨난다. 아름다운 곳을 찾아가고, 음식을 맛보며 인생과 문학, 예술을 얘기하는 문화 수다방은 마법 같은 존재이다. 어느 결에 행복이 내 곁에 다가왔으니 마법이지 않은가. 생활 속에서 시 한 수, 아름다운 산문을 읊으며 구성원을 즐겁게 할 수 있는 수다거리를 찾으려고 안테나를 세워 책들을 사냥한다. 이주향, 김훈, 박웅현, 윤동주, 고은, 김사인, 이오덕, 권정생, 유홍준, 김연수, 김형경, 니코스 카잔차키스, 톨스토이, 도스토옙스키 등은 수다 밥상의 단골손님이다. 책은 우리의 오감을 자극하고 살아갈 지혜를 사람들과 나눌 수 있게 도와주었다. 책은 정말 듬직한 친구이다.

아름다운 마음과 생각을 지닌 사람들과 함께 문화 수다를 나누며 떠돌이 사랑방을 전전하는 재미가 특별하다. 내 삶이 너그러워지고 경쾌해진다. 구성원의 품이 넉넉하고 아늑해서 더욱 좋다.

'문화 사랑방'. 삶의 위안이고 즐거움이다.

늘 일요일이 기다려진다. 성당에 가기 위해서다. 하느님께 죄송
하고 부끄러운 일이지만 훌륭한 신부님의 강론에 매료되어서도 아
니고 신심이 뜨거워져서 그런 건 더더욱 아니다. 여섯 언니가 반갑
게 맞이해주기 때문이다. 나를 친동생처럼, 혹은 사랑스런 조카처
럼, 때로는 귀여운 딸 대하듯 자애로운 눈빛으로 손잡아주고 등 토
닥여주는 분들이다.

눈이 벗고 마음이 멎으면 그곳이 '문화 사랑방'이 되었다.
아름다운 마음과 생각을 지닌 사람들과 함께 문화 수다를 나
누며 떠돌이 사랑방을 전전하는 재미가 특별하다. 내 삶이 녀
그리워지고 경쾌해진다.

숲 속 산책로를 따라 걷는다. 맑은 공기와 초록의 싱그러움, 청정한 기운과 숲
향기에 취해 일상을 내려놓는다. 마음속에 엉겨 붙었던 감정의 찌꺼기들이 모두
떨어져 나간다.

　기억 속 어머니 밥상을 다시 떠올려 본다. 어머니 밥상은 생명을 잇고, 삶에 활력을 채우고, 정신을 풍요롭게 해주는 축복의 성소였다. 오순도순 밥 먹으며 정 나누고 사는 일이, 실은 가장 힘있게 사는 일이지 않을까.

작품해설

재련되지 않은 맑은 원석을
맞이하는 아름다움

지연희 | 시인. 수필가

재련되지 않은 맑은 원석을
맞이하는 아름다움

(사)한국수필가협회 이사장 | 지연희

수필은 맑은 가을하늘처럼 선명한 명암으로 그려진 마음의 거울이다. 맑게 닦인 거울 속에 비친 내가 속절없이 숨 쉬는 수필, 김혜숙 수필은 자분자분한 목소리로 비탈길을 내려오는 사람들에게 삶의 길을 여는 잠언이며, 돌부리에 부딪쳐 헤어진 아픈 가슴을 깁는 바느질이다. 총 43편의 육성으로 응축된 『밥 잘 사주는 남자』로 명패를 단 이 수필집은 지난 어느 작품집의 숨결보다 진중한 삶의 의미를 내포한 수려한 문장으로 수필문학의 가치를 높이고 있다. 무엇보다 따뜻한 인정이 도처에서 꽃잎 피어나듯 깨어나는 수필들이 참다운 삶의 길을 여는 아름다움으로 존재한다.

근래의 한국수필문단은 문학수필의 원형을 보이는 좋은 수필이 생산되고 있어 내일의 수필문학을 살찌우고 있다. 문장은 작가의 생각을 담는 그릇이다. 하나의 의미를 어떤 그릇에 담아주는가에 따라, 다시 말하여 어떻게 형상화시키느냐에 따라 독자의 가슴에 닿게 되는 의미(생각)는 보다 구체적으로 새로운 세계를 여는 가치를 창출할 수 있게 된다. 오늘의 김혜숙 수필집 원고를 감상하며 신중한 언어로 깁는 예술문장의 아름다움을 만날 수 있었다. 작가의 내면에 흐르는 인본주의적 사랑 나눔의 아름다운 사례는 건조한 우리 사회에 던지는 단비 같아서 미래수필문학을 내다보는 길잡이가 되고 있다.

국회본회의장에서 모국회의원이 도종환 시인의 「단풍드는 날」을 읊으며 국민을 잘 섬기겠다고 했다는 내용을 담았고 여당 원내대표를 지냈던 국회의원은 이정란 시인의 「돌탑」 첫 부분을 인용하여 야당의 협조를 구했다는 기사였다. 정쟁을 일삼던 국회에서 난데없이 시낭송을 하며 고품격으로 화해의 몸짓을 보내는 그들의 변화가 놀라웠고 한편으로는 신선하기도 했다.

시에는 리듬이 살아있어서 낭송하는 동안 내 몸이 시와 함께 반응하며 아픔과 서러움, 분노와 갈등, 여유와 희망 등 모든 감정을 품어 안는다. 그리하여 시는 때로는 종소리로, 생명의 물로, 태산이 되어 넉넉하고 고운 심성으로 나를 어루만진다. 우리에게 아름다운 모국어로 생명의 노래를 부르게 하는 광화문의 그 글판이 나를 행복으로 이끈다. 시가 꿈꾸는 세상이 곳곳에 넓고 크게 퍼져나가길 소원한다. 나태주 시인의 「풀꽃」을 세상 모든 이에게 바친다.

자세히 보아야 / 예쁘다
오래 보아야 / 사랑스럽다
너도 그렇다.

-수필 「시가 내걸린 세상」 중에서

지구의 자전이 이뤄낸 해돋이와 해넘이가 낮과 밤이 되어 태어나고 사라진다. 춘하추동의 사계절의 변화도 멈추지 않고 순환된다. 지구와 달이 벌이는 썰물과 밀물의 움직임도 끝없이 계속된다. 광대무변한 우주의 질서 속에서 순환하는 천체의 움직임이 오묘하고 경이롭다. 인간 세상에도 생로병사의 순환원리가 작용한다. 조상은 해넘이로 사라지고 후손은 해돋이마냥 새 생명으로 태어난다.

우주의 섭리로 태어난 오늘 하루의 의미를 되새기며 별이 총총히 떠 있는 하늘을 올려다본다. 아름다운 밤하늘을 머리에 이고 용산전망대를 내려온다. 휴대폰 불빛에 의지하며 조심조심 발걸음을 내딛는다. 주위를 비춰보니 묵은 잎 다 떨구고 이듬해 봄에 새잎을 틔울 숲 속 나무들이 서로 의지하고 서 있다. 미래에 태어날 잎과 꽃 그리고 열매를 위해, 곧 새 생명을 위해 모든 걸 내어주고 팔 벌리며 버티고 있다.

– 수필 「해넘이에서 해돋이까지」

수필 「시가 내걸린 세상」은 광화문 ㄱ문고 외벽에 걸려있는 글귀 '지금 네 곁에 있는 사람, 네가 자주 가는 곳, 네가 읽는 책들이 너를 말해 준다.'를 읽고 '내가 누구인가'를 생각하는 수필이다. 대개는 시인들의 시 한 구절이나 산문가의 문장 하나가 인용되는 외벽의 글들은 수도 서울의 심장이랄 수 있는 광화문 중심을 오가는 시민들에게 가슴으로 전달되는 메시지이다. 한 번쯤 혼탁한 세상 속에 묻혀 살다가 문득 만나게 되는 가슴 울리는 정서는 잃어버린 나를 잠깐이라도 돌아보게 한다. '시가 내 걸린 세상'은 여당과 야당이 정쟁을 일삼던 국회에서 난데없이 시낭송을 하며 고품격으로 화해의 몸짓을 보내는 놀라운 일이었으며 신선한 일이었다는 것이다. 이 수필은 문학이 사람의 정서를 맑은 이슬처럼 순화시키는 힘이 있음을 전달하며 특히 시는 '아픔과 서러움, 분노와 갈등, 여유와 희망 등 모든 감정을 품어 안고 때로는 종소리로, 생명의 물로, 태산이 되어 넉넉하고 고운 심성으로 나를 어루만지는' 위로가 된다는 것이다.

　수필 「해넘이에서 해돋이까지」는 빛의 소멸과 빛의 생성을 그려내고 있다. 소멸과 생성은 지고 뜨는 자연현상이지만 결국 이 극과 극은 생명의 탄생과 생명의 죽음을 의미하게 된다. 해넘이로 상징되는 사위어짐, 해돋이로 시작되는 탄생의 의미를 이 수필은 천착해 낸다. 이 순간에도 끊임없이 이어지는 생명의 존속은 매 분초를 가르며 이어지고 있다. 해가 저물 듯이 해가 뜨듯이 반복되고 있는 것이다. 이 신비로운 광대무변한 질서의 흐름을 예감하며 수십 년 전, 친정아버지는 병상에서 만삭이었던 화자에게 "너희 막내는 내가 환생했다 생각하며 잘 키워라." 하셨다고 한다. 아버지 말씀대로 아이는 태어났고 나흘 후 아버지는 소천했다는 것이다. 우주의 질서 속에서 순환하는 천체의 움직임이 오묘하고 경이롭다고 말하는 김혜숙은 인간 세상에도 생로병사의 순환원리가 적용된다고 믿고 있다. 조상은 해넘이처럼 사라지고 후손은 해돋이마냥 새 생명으로 태어난다는 우주적 질서 속에서의 '나'를 확인하는 것이 이 수필의 핵심이다.

　　바깥세계에서는 침착하다가도 내면으로 진입하면 날것 그대로의 나를
　　드러냈다. 그때마다 그와의 좋은 추억을 떠올리며 나를 다독이려고 애썼

다. 그의 죽음을 수용하라며 내게 이르기도 했다. 얽히고설킨 내 삶에 질
서가 잡혀야 했다. 가족과 더불어 살기 위해서는 그래야만 했다. 차차 변
화가 찾아왔고, 나는 남편의 영정사진 앞에서 출입을 고하고, 하루 일과
를 보고하며 어려운 일, 바라는 일이 생기면 도움을 청했다. 묘소에 가서
그의 안식과 평화를 빌었고, 후손의 발복도 기원했다. 유택을 찾을 때면
그를 대한 듯 반가웠고, 답답했던 가슴 속도 뻥 뚫렸다. 슬픔은 강물처럼,
기쁨은 구름처럼 흘려보낼 줄 알게 되기까지 시간이 꽤 걸렸다 싶어진다.

이젠 그가 보고 싶으면 사진첩도 들여다보고, 메아리 없는 대화도 나누
면서, 아름다웠던 추억을 떠올리면 어젯밤처럼 현몽하여 볼 수도 있다.
또 술래잡기하는 꿈을 꾸게 될까. 그때는 그를 찾을 수 있을까.

삶과 죽음은 매듭으로 이어진 연속선이라고 했다. 이젠 죽음도 두렵지
않게 됐다. 마음속에 갑옷처럼 입혀졌던 상복喪服을 벗어내고 밝은 세계
로 걸어 나오련다. 세상을 더 사랑하는 일에 마음을 다하며 살고 싶다.

나 자신과 화해하며 평화롭게 지내는 일은 얼마나 가치 있는 일인가.

- 수필「탈상」중에서

주차장 쪽의 일행을 의식하며 급한 걸음을 내딛는데 예전에 A 초등학
교에서 인연 맺었던 선생님과 마주친다. 경주, 기림사, 그것도 돌아서는
데. 조금 빠르거나 늦었더라면 만나지 못했을 텐데. 눈에 보이지 않는 어
떤 힘을 느끼며 인연을 새기고 헤어진다. 옷깃만 스쳐도 인연이라는데 그
녀와의 인연도 예사롭지 않다. 주어진 삶을 살면서 만났던 지금까지의 수
많은 인연의 끈을 생각하며 또 언제, 어떤 세상에서 만날지라도 좋은 인
연으로 이어지길 기대한다. 인연의 깊고 소중함을 느끼며 선업을 쌓으며

살아가겠다고 마음공부 하나 더 얹는다.

기림사의 풍경과 자연 속에서 남편과의 삶은 계속되고 있다. 나는 늘 그와 동행한다. 이제 좋은 일만 남았다며 그동안 그의 수고에 보답하려 했는데 떠나 버리니 한스럽고 애달파서 그럴게다. 마치, 어린 시절 모래 성을 쌓고 놀다가 해거름에 엄마가 저녁밥을 먹으라고 부르면 쌓아둔 모래성을 무너뜨리고 집으로 돌아간 아이를 바라보는 느낌이다. 나는 더 놀고 싶은데, 그와 해보고 싶지만 시간이 없어 미뤄둔 일이 정말 많은데, 그는 나를 두고 다시는 돌아올 수 없는 길로 떠나고 말았다.

하지만 어쩌랴. 영원불후의 생명은 존재하지 않으니, 아쉬움 접어야지. 그와의 빠른 이별이 덧없고 서럽지만 오늘같이 그와 지냈던 행복한 순간을 추억하며 지내리라. 다른 세상에서 해후할 날을 기다리며 선업을 차곡차곡 쌓아 두리라.

– 수필 「기림사에 안개비는 내리고」 중에서

수필 「탈상」은 남편을 잃은 아내의 슬픔이 묻어나는 수필이다. 견디기 어려운 이별의 아픔을 3주기를 맞이하여 극복하고 있는 모습이 안타깝다. 자연히 잊혀지는 과정이 아니라 잊기 위한 선언이어서다. '술래가 된 나는 재빨리 고개를 뒤로 돌렸다. 그동안 남편은 내 시야를 벗어나 어디론가 숨어버렸다.'는 글의 도입부는 여전히 그리움의 수렁에 빠져있는 모양새다. 술래잡기 놀이로 사라져버린 남편에 대한 이별의 허망함을 그려주는 이 수필을 감상하다 보면 소리 없이 목이 메인다. '그가 있을 만한 곳을 다 찾아다녀도 도저히 찾을 수가 없었다. 시간은 흘러가고 막막함에 울음보가 터져서 멈출 수가 없었다.'는 간밤의 꿈 얘기는 3주기를 맞은 아내의 계절병 같은 통증이라고 한다. 얼마나 견디기 어려운 아픔이었으면 사람을 잃은 막막함을 꿈으로 재현하였을까 싶다. 그러나 그 무엇도 할 수 없었던 상실의 시간을 보내고 이제 밝고 힘차게 일어서는 삶의 모습을 활기차게 그려내고 있다. 진정한 삶은 생명으로 세상과 소통하는 일이기 때문이다. '차츰 글 쓰는 시간이 늘어나 밤샘으로 이어졌고, 그의 빈자리에 남는 먹먹함과 생경함을 글로 풀어냈다. 존재하지 않는 그를 다시 불러내는 일은 참담한 일이었다.'는 극복 의지는 '마음속에 갑옷처럼 입혀뒀던 상복喪服을 벗어내고 밝은 세계로 걸어 나오는' 과정이다.

수필 「기림사에 안개비는 내리고」의 수필 역시 이별의 아픔으로 떠나보낸 남편을 그리워하는 고통의 과정을 그렸다. 세상에 존재하지 않는 남편을 부르는 사부가思夫歌이다. 어디서나 그가 생각나고 아름다운 풍광, 맛난 음식, 좋은 물건 등을 보면 더욱 그가 생각난다는 것이다. 기림사의 안개는 짝 잃은 이의 가슴에 장막을 씌워 갈피를 잡지 못하는 미망으로 끊임없이 남편을 찾게 한다. 그러나 위의 수필 「탈상」에서도 밝혔지만 세상만사에 소원했던 그녀는 부단히 일어서는 연습을 한다. '영원한 것은 아무것도 없다. 우주 만물도, 인간사도 변천무상이다. 부처님도 제행무상諸行無常을 설파하시지 않았는가. 흐르는 물도, 달도 모두 변한다.' 며 애써 잡을 수 없는 손을 놓고 생사일여生死一如로 스스로를 위로하며 기림사의 삼천불이 있는 법당으로 향하고 있다. 몸은 떠나갔지만 그는 항상 자신의 곁에 존재하고 있음을 믿으며 초연히 발걸음을 내어놓는다.

안면도엔 군데군데 쉬어갈 수 있게 마음 써서 설치한 벤치들이 많다. 그곳에 앉아있노라니, 녹음이 우거진 숲 속에 하얀 나비떼가 무리 지어 앉아있는 풍경이 눈에 들어온다. 들여다보니 조그마한 손잡이가 달려있는 하얀 바람개비꽃이다. 잎 위에 '차려' 자세로 하늘을 향해 서 있는 모습이 익숙하다. 단연 유월 숲의 주인공이다. 그 시절, 뒷산에서 보았던 친구들이기도 하다. 이렇게 고고한 친구들이, 퍽이나 지겹도록 내 말을 들어주었지. 괜스레 미안해진다. 내 수고로움이 사무치면, 이웃의 수고로움을 볼 수 없게 된다. 이 또한 피할 수 없는 것 아니겠는가. 내가 할 수 있는 일이란, 미안한 마음을 깨닫게 되었을 때, "미안해." 하는 일 고민하지 않는 것.

나는 오늘도 안면도의 찬 숲 속에서, 다 버리지 못한 속진을 또 덜어낸다. 아직도 덜어낼 마음이 남아있다는 자책조차, 내 욕심이리라. 나는 앞으로도 또 번뇌하고 또 조바심치며 덜어낼 찌꺼기를 마음에 남길 것이다. 이 또한 내가 살아 있고, 사람과 부대끼며 스스로 깨우치려는 노력을 하고 있다는 의미가 아니겠는가.

되는대로 숲을 찾아 나서야겠다는 생각이 든다. 그 시절 내 이야기를 숲이 들어주었던 것처럼, 이번엔 내가 먼저 그들의 말을 들어주어야겠다. 방금도 안면도의 백년송 등걸이, 어루만지는 내 손에 속삭였다. 오랜 세월 물난리, 천둥 번개 피하며 잘 살아왔다고.

－수필 「숲에 들다」 중에서

흐뭇한 상상을 하다 좀 멀리까지 가는 일이 있다. 아들 친구들과 교류하며 무한한 사랑을 보내는 주철환 PD, 내 형부 같은 사람이 우리 사회의 진정한 어른이 아닐까. 농경사회의 어른들 모습이 이러하지 않았는가. 부락 공동체가 미래의 주인공인 청소년들을 함께 키웠다. 바쁜 부모를 대신해서 밥도 먹이고 부모가 올 때까지 안전하게 돌봐주며 힘을 보탰다. 지금, 동네 어른들의 공동 관심과 사랑 속에서 바르게 성장하는 아이들의 모습을 기대하는 것은 무리한 일인가. 제발, 마음 넉넉한 사람들이 많아졌으면 좋겠다. 우리의 아이들이 안심하고 꿈을 키워나갈 수 있었으면, 그리하여 멋있는 사회의 일원으로 성장한다면….

　사회 구성원 모두의 몫이 되어 마음 합친다면 가능하지 않을까. 그런 세상을 꿈꾸어 본다. 나 혼자의 꿈은 그저 꿈일 수 있겠지만 함께 꿈꾸면 새로운 미래가 찾아오지 않을까. 우선 나부터라도 이와 비슷한 경험을 확대시켜 나가야겠다.

　밥 잘 사주는 사람들. 그들은 사람 냄새 물씬 풍기는 아름다운 사람들이다. 한결같이 친구가 많고 스스로 즐겁게 지내기도 한다. 음식을 통해 소통하고 인정 나누는 일이 취미이고 특기인데 어찌 즐겁지 않겠는가. '밥'을 통해 내 마음 밭에 좋은 씨앗을 뿌려준 사람들. 어른의 관용과 여유가 묻어 있다. 행복이 무엇인지, 앞으로 내 삶을 어떻게 가꿔야 할지, 그들에게서 배운다. 이제 나도 자주 "함께 밥 먹어요" 하게 되지 않을까. 미소가 피어오른다.

- 수필 「밥 잘 사주는 남자」 중에서

　수필 「숲에 들다」는 안면도 자연 휴양림 문학기행 이야기이다. 화자는 자연의 아름다운 풍광에 젖어 깊은 사유의 시간을 거닐고 있다. 맑은 공기와 초록의 싱그러움이 온몸을 감싸 안는 감촉으로 충만해 한다. 우람한 소나무들과 새들의 맑은 노랫소리에 취하고 발길에 닿는 솔가리들의 부드러운 감촉에 빠져들고 있다. 그러나 이처럼 자연의 아름다움 속에서도 마음에서 내려놓지 못하는 것이 있다. 거듭거듭 다짐하지만 쉽지 않은 미련이다. '다 버리지 못한 속진을 또 덜어낸다. 아직도 덜어낼 마음이 남아있다는 자책조차, 내 욕심이리라.'고 온전히 치유하지 못한 이별의 아픔을 이 수필은 '아직도 덜어낼 마음이 남아 있다'는 의도의 역설로 남긴다. 다만 '안면도의 백년송 등걸이, 어루만지는 내 손에 속삭였다.'는 말에 주목하게 되는데 오랜 세월 동안 물난리, 천둥번개 피하며 잘 살아왔다는 백년송의 '견디어 일어서라'는 위로가 화자를 숲에 들게 하는 이유임을 시사하고 있다.

수필 「밥 잘 사주는 남자」는 이 수필집의 표제글이다. 또한 화자가 형부라 지칭하고 있는 남자는 누구에게나 '밥 잘 사주는 남자'이다. 이 인물은 '빈 가슴을 사랑으로 채워주는 일, 위로와 격려로 힘과 용기를 주는 일, 축하하며 기쁨과 감사를 나누는 일' 등을 실천하며 사는 사람이다. 이웃 사랑을 앞장서 실천하는 이 남자는 따끈한 밥을 함께 먹으며 상대의 얘기를 들어주는 것. 이웃사랑이 스스로도 유쾌한 일이 되기 위해서 밥을 사준다는 사람이다. 그러나 이 남자의 궁극적인 선행은 아름다운 사회를 만들어 나가는 데 있다. 특히 성장하는 아이들이 안심하며 꿈을 키워나가 사회의 일원이 될 수 있도록 배려하는 일이다. 이 수필 속 밥 잘 사주는 남자는 단순하게 밥 사주는 남자로 머무는 게 아니고 이웃을 배려하고 따뜻한 사랑으로 소통하고 인정을 나누는 사회를 만들기 위한 조용한 몸짓을 보여준다. 삭막한 우리 사회에 단비처럼 없어서는 안 될 인물임을 배우게 한다.

'사랑의 화신'인 마더 테레사 수녀님이나 김 선생님과 같은 분들을 생각하거나 보기만 해도 선해진다네요. 이웃사랑을 실천하면 즐거움이 따라오고 병에 대한 면역력도 길러진다고 하더군요. 그게 '테레사 효과'라고 들었어요. 테레사 효과를 경험하며 나의 후원자가 된 김 선생님의 흉내를 내보려고요. 나는 창의력은 부족하지만 '따라 하기'는 비교적 잘할 수 있을 것 같아요. 흉내 내다 보면 닮아갈 수 있으리라 생각하며 기도를 올립니다.

'올해 마지막 한 달이 남았습니다. 기부 천사들의 훈훈한 얘기도 전해지지만 우리 사회에 불어닥친 한파로 이 겨울이 더욱 추운 이들이 늘어나고 있습니다. 내가 무엇을, 어떻게 도울까 생각하는 착한 이들로 이웃사랑이 넓고 깊게 스며들게 하소서. 사랑의 힘으로 어려운 이들이 훈훈한 겨울을 맞게 되길 비나이다.'

역시 내 기도는 서툽니다.

– 수필 「베아트리체의 기도」 중에서

수필 「베아트리체의 기도」는 가톨릭 신자로서 하느님께 기도하며 살아가는 가장 순연한 모습의 '나'를 향한 묵상의 시선이다. '베아트리체'라는 세례명의 나를 들여다보며 기도하고 성숙해 나아가기를 다짐하는 모습이다. 어쩌면 이 수필은 가장 순연한 김혜숙 수필의 원형을 마주하는 듯 '어린애 같은 행동'이라 자신을 낮추는 작가의 내심과 만나게 된다. 이 수필의 도처에는 재련되지 않은 맑은 원석을 만나는 아름다움을 엿볼 수 있다. '신의 축복을 받은 자'라는 세례명의 의미가 말해 주듯이 베아트리체 김혜숙 수필가는

밥 잘 사주는 남자

이웃을 사랑하고 봉사하며 살라는 하느님의 말씀을 몸소 실천하는 가장 신실한 신자임을 읽을 수 있다. 마음에 있어도 쉬이 실천하기 어려운 냉소적 사회에서 사랑의 화신으로 살고자 하는 베아트리체의 정신은 우리 사회를 아름답게 짊어지고 가는 힘이다.

수필집 『밥 잘 사주는 남자』라는 표제의 의미는 이웃을 사랑하고 배려하는 사람이라고 믿는다. 필자는 이 가을 한 권의 수필집이 전하는 사랑의 메시지로 찬바람 스며드는 가을 한기를 훈훈히 데울 수 있는 온기 속에 있다. 사람답게 사는 세상, 나보다 이웃에 마음을 열고 '테레사 효과'를 실천하는 사람들을 만날 수 있어서 행복했다. 남편을 돌아올 수 없는 세상으로 떠나보내고 견딜 수 없는 아픔으로 탈상을 맞이한 김혜숙 수필은 새로운 삶을 살아내기 위한 용기이며 '축복받은 자'가 걸어가야 할 덕목이다. 아픔을 견디는, 고통을 이겨내는, 그리움을 감싸는 아름다운 선택이었다. 이제 보다 더 가치 있는 삶의 길에 자신을 투신하는 김혜숙 수필의 내일에 빛이 있기를 기도드린다.

여행은 다리가 떨릴 때가 아닌 마음이 떨릴 때 하라고 했다. 나는 여행이란 말만
들어도 가슴이 뛴다. 그래서 나의 여행은 다리가 떨리지 않을 때까지 계속될 듯하
다. 눈을 감으며 다음 여행을 꿈꾸어 본다.

밥 잘 사주는 남자

"밥 잘 사주는 사람들, 그들은 사람 냄새 물씬 풍기는 아름다운 사람들이다. 음식을 통해 소통하고 인정 나누는 일이 취미이고 특기인데 어찌 즐겁지 않겠는가. 행복이 무엇인지, 앞으로 내 삶을 어떻게 가꿔야 할지, 그들에게서 배운다."

김혜숙 수필집